Miguel de Cervantes Saavedra

Pedro de Urdemalas

Barcelona **2024**
Linkgua-ediciones.com

Créditos

Título original: Pedro de Urdemalas.

© 2024, Red ediciones S.L.

e-mail: info@linkgua.com

Diseño de cubierta: Michel Mallard.

ISBN tapa dura: 978-84-1126-200-2.
ISBN rústica: 978-84-9816-381-0.
ISBN ebook: 978-84-9816-964-5.

Sumario

Créditos _____ 4

Brevísima presentación _____ 7
    La vida _____ 7
    El futuro rey _____ 7

Personajes _____ 8

Jornada primera _____ 9

Jornada segunda _____ 55

Jornada tercera _____ 91

Libros a la carta _____ 129

Brevísima presentación

La vida

Miguel de Cervantes Saavedra (Alcalá de Henares, 1547-Madrid, 1616). España.

Hijo de Rodrigo Cervantes, cirujano, y Leonor de Cortina. Se sabe muy poco de su infancia y adolescencia. Era el cuarto hijo entre siete. Las primeras noticias que se tienen de Cervantes son de su etapa de estudiante, en Madrid.

A los veintidós años se fue a Italia, para acompañar al cardenal Acquaviva. En 1571 participó en la batalla de Lepanto, donde sufrió heridas en el pecho y la mano izquierda. Aunque su brazo quedó inutilizado, combatió después en Corfú, Ambarino y Túnez. En 1584 se casó con Catalina de Palacios, no fue un matrimonio afortunado. Tres años más tarde, en 1587, se trasladó a Sevilla y fue comisario de abastos. En esa ciudad sufrió cárcel varias veces por sus problemas económicos. Hacia 1603 o 1604 se fue a Valladolid, y allí también fue a prisión, esta vez acusado de un asesinato. Desde 1606, tras la publicación del Quijote, fue reconocido como un escritor famoso y vivió en Madrid.

El futuro rey

La trama tiene cierto parecido con *La gitanilla*. Pedro de Urdemalas (personaje folclórico) se enamora de una gitana llamada Belica y vive entre gitanos. La comedia muestra tradiciones populares, supersticiones, bailes y cantos gitanos en un ambiente propio de la picaresca.

Pedro de Urdemalas es un personaje complejo: pícaro, aventurero y cínico, aunque con cierta nobleza de carácter.

Personajes

Pedro de Urdemalas
Antón Clemente, zagal
Clemencia, zagala
Benita, zagala
Martín Crespo, alcalde, padre de Clemencia
Sancho Macho, regidor
Diego Tarugo, regidor
Lagartija, labrador
Hornachuelos, labrador
Redondo, escribano
Pascual
Un sacristán
Maldonado, conde de gitanos
Músicos
Inés, gitana
Belica, gitana
Una viuda, labradora
Un labrador, que la lleva de la mano
Llorente, un escudero
Un ciego
El rey
Silerio, un criado del rey
Un alguacil
La reina
Mostrenco
Marcelo, caballero
Dos representantes
Autor
Otro labrador
Otros dos farsantes
Alguacil de comedias

Jornada primera

(Salen Pedro de Urdemalas, en hábito de mozo de labrador, y Clemente, como zagal.)

Clemente

De tu ingenio, Pedro amigo,
y nuestra amistad se puede
fiar más de lo que digo,
porque él al mayor excede,
y della el mundo es testigo;
así, que es de calidad
tu ingenio y nuestra amistad,
que, sin buscar otro medio,
en ambos pongo el remedio
de toda mi enfermedad.
Esa hija de tu amo,
la que se llama Clemencia,
a quien yo Justicia llamo,
la que huye mi presencia,
cual del cazador el gamo;
ésa, a quien naturaleza
dio el extremo de belleza
que has visto, me tiene tal,
que llega al punto mi mal
do llega el de su lindeza.
Cuando pensé que ya estaba
algo crédula al cuidado
que en mis ansias le mostraba,
yo no sé quién la ha trocado
de cordera en tigre brava,
ni sé yo por qué mentiras
sus mansedumbres en iras
ha vuelto, ni sé, ¡oh Amor!,
por qué con tanto rigor

9

contra mí tus flechas tiras.

Pedro

Bobear; dime, en efeto,
lo que quieres.

Clemente

Pedro, hermano,
que me libres deste aprieto
con algún consejo sano
o ayuda de hombre discreto.

Pedro

¿Han llegado tus deseos
a más que dulces floreos,
o has tocado en el lugar
donde Amor suele fundar
el centro de sus empleos?

Clemente

Pues sabes que soy pastor,
entona más bajo el punto,
habla con menos primor.

Pedro

Que si eres, te pregunto,
Amadís o Galaor.

Clemente

No soy sino Antón Clemente,
y andas, Pedro, impertinente
en hablar por tal camino.

Pedro (Aparte.)

(Pan por pan, vino por vino,
se ha de hablar con esta gente).
¿Haste visto con Clemencia
a solas o en parte escura,
donde ella te dio licencia
de alguna desenvoltura
que encargase la conciencia?

Clemente	Pedro, el cielo me confunda,
	y la tierra aquí me hunda,
	y el aire jamás me aliente,
	si no es un amor decente
	en quien el mío se funda.
	Del padre el rico caudal
	el mío pobre desprecia
	por no ser al suyo igual,
	y entiendo que solo precia
	el de Llorente y Pascual,
	que son ricos, y es razón
	que se lleve el corazón
	tras sí de cualquier mujer,
	no el querer, sino el tener
	del oro la posesión.
	Y, demás desto, Clemencia
	a mi amor no corresponde
	por no sé qué impertinencia
	que le han dicho, y así, esconde
	de mis ojos su presencia;
	y si tú, Pedro, no haces
	de nuestras riñas las paces,
	ya por perdido me cuento.
Pedro	O no tendré entendimiento,
	o he de trazar tus solaces.
	Si sale, como imagino,
	hoy mi amo por alcalde,
	te digo, como adivino,
	que hoy no te trujo de balde
	a hablar conmigo el destino.
	Tú verás cómo te entrego
	en holganza y en sosiego

el bien que interés te veda,
y que al dártele preceda
promesa, dádiva y ruego.
 Y, en tanto que esto se traza,
vuelve los ojos y mira
los lazos con que te enlaza
Amor, y por quien suspira
Febo, que allí se disfraza;
 mira a los rubios cabellos
de Clemencia, y mira entre ellos
al lascivo Amor jugando,
y cómo se va admirando
por ver que se mira en ellos.
 Benita viene con ella,
su prima, cual si viniese
con el Sol alguna estrella
que no menos luz nos diese
que el mismo Sol: tal es ella.
 Clemente, ten advertencia
que, si llega aquí Clemencia,
te le humilles: yo a Benita,
como a una cosa bendita
le pienso hacer reverencia.
 Dile con lengua curiosa
cosas de que no disguste,
y ten por cierta una cosa:
que no hay mujer que no guste
de oírse llamar hermosa.
 Liberal desta moneda
te muestra; no tengas queda
la lengua en sus alabanzas,
verás volver las mudanzas
de la varïable rueda.

(Salen Clemencia y Benita, zagalas, con sus cantarillas, como que van a la fuente.)

Benita   ¿Por qué te vuelves, Clemencia?

Clemencia   ¿Por qué me vuelvo, Benita?
                  Por no verme en la presencia
                  de quien la salud me quita
                  y me da mortal dolencia;
                   por no ver a un insolente
                  que tiene bien diferente
                  de la condición el nombre.

Benita   Apostaré que es el hombre
                  por quien lo dices Clemente.

Clemente   ¿Soy basilisco, pastora,
                  o soy alguna fantasma
                  que se aparece a deshora,
                  con que el sentido se pasma
                  y el ánimo se empeora?

Clemencia   No eres sino un parlero,
                  adulador, lisonjero
                  y, sin porqué, jactancioso,
                  en verdades mentiroso
                  y en mentiras verdadero.
                   ¿Cuándo te he dado yo prenda
                  que de mi amor te asegure
                  tanto, que claro se entienda
                  que, aunque el amor me procure,
                  no hayas temor que te ofenda?
                   Esto dijiste a Jacinta,
                  y le mostraste una cinta

encarnada que te di,
y en tu rostro se ve aquí
aquesta verdad distinta.

Clemente   Clemencia, si yo he dicho cosa alguna
que no vaya a servirte encaminada,
venga de la más próspera fortuna
a la más abatida y desastrada;
si siempre sobre el cerco de la Luna
no has sido por mi lengua levantada,
cuando quiera decirte mi querella,
mudo silencio el cielo infunda en ella;
si mostré tal, la fe en que yo pensaba,
por la ley amorosa, de salvarme,
cuando a la vida el término se acaba,
por ella entonces venga a condenarme;
si dije tal, jamás halle en su aljaba
flechas de plomo Amor con que tirarme,
si no es a ti, y a mí con las doradas,
a helarte y abrasarme encaminadas.

Pedro   Clemencia, tu padre viene,
y con la vara de alcalde.

Clemencia   No la ha alcanzado de balde;
que su salmorejo tiene.
Hermano Clemente, adiós.

Clemente   Pues, ¿cómo quedamos?

Clemencia   Bien.
Benita, si quieres, ven.

Benita   Sí, pues venimos las dos.

14

(Vanse Benita y Clemencia.)

Pedro   Vete en buen hora, Clemente,
         y quédese el cargo a mí
         de lo que he de hacer por ti.

Clemente   Adiós, pues.

Pedro   Él te contente.

(Salen Martín Crespo, alcalde, padre de Clemencia, y Sancho Macho y Diego
Tarugo, regidores.)

Tarugo   Plácenos, Martín Crespo, del suceso.
          Desechéisla por otra de brocado,
          sin que jamás un voto os salga avieso.

Crespo   Diego Tarugo, lo que me ha costado
          aquesta vara, solo Dios lo sabe,
          y mi vino, y capones, y ganado.
           El que no te conoce, ése te alabe,
          deseo de mandar.

Sancho   Yo aqueso digo,
          que sé que en él todo cuidado cabe.
           Véala yo en poder de mi enemigo,
          vara que es por presentes adquirida.

Crespo   Pues ahora la tiene un vuestro amigo.

Sancho   De vos, Crespo, será tan bien regida,
          que no la doble dádiva ni ruego.

Crespo	No, ¡juro a mí!, mientras tuviere vida.
	Cuando mujer me informe, estaré ciego;
	al ruego del hidalgo, sordo y mudo;
	que a la severidad todo me entrego.
Tarugo	Ya veo en vuestro tiempo, y no lo dudo,
	sentencias de Salmón, el rey discreto,
	que el niño dividió con hierro agudo.
Crespo	Al menos, de mi parte yo prometo
	de arrimarme a la ley en cuanto pueda
	sin alterar un mínimo decreto.
Sancho	Como yo lo deseo, así suceda;
	y adiós.
Crespo	Fortuna os tenga, Sancho Macho,
	en la empinada cumbre de su rueda.
Tarugo	Sin que el temor o amor os ponga empacho,
	juzgad, Crespo, terrible y brevemente:
	que la tardanza en toda cosa tacho;
	y a Dios quedad.
Crespo	En fin, sois buen pariente.

(Vanse Sancho Macho y Diego Tarugo.)

Pedro, que escuchando estás,
¿cómo de mi buen suceso
el parabién no me das?
Ya soy alcalde, y confieso
que lo seré por demás,
si tú no me das favor

y muestras algún primor
con que juzgue rectamente;
que te tengo por prudente,
más que a un cura y a un doctor.

Pedro   Es aqueso tan verdad,
cual lo dirá la experiencia,
porque con facilidad
luego os mostraré una ciencia
que os dé nombre y calidad.
 Llegaráos Licurgo apenas,
y la celebrada Atenas
callará sus doctas leyes;
envidiaros han los reyes
y las escuelas más buenas.
 Yo os meteré en la capilla
dos docenas de sentencias
que al mundo den maravilla,
todas con sus diferencias,
civiles, o de rencilla;
 y la que primero a mano
os viniere, está bien llano
que no ha de haber más que ver.

Crespo   Desde hoy más, Pedro, has de ser
no mi mozo, mas mi hermano.
 Ven, y mostrarásme el modo
cómo yo ponga en efeto
lo que has dicho, en parte o en todo.

Pedro   Pues más cosas te prometo.

Crespo   A cualquiera me acomodo.

(Vanse Crespo, el alcalde y Pedro.)

(Salen otra vez Sancho Macho y Tarugo.)

Sancho
Mirad, Tarugo: bien siento
que, aunque el parabién le distes
a Crespo de su contento,
otro paramal tuvistes
guardado en el pensamiento;
 porque, en efeto, es mancilla
que se rija aquesta villa
por la persona más necia
que hay desde Flandes a Grecia
y desde Egipto a Castilla.

Tarugo
 Hoy mostrará la experiencia,
buen regidor Sancho Macho,
adónde llega la ciencia
de Crespo, a quien yo no tacho
hasta la primera audiencia;
 y, pues agora ha de ser,
soy, Macho, de parecer
que le oigamos.

Sanchi
Sea así;
aunque tengo para mí
que un simple en él se ha de ver.

(Salen Lagartija y Hornachuelos, labradores.)

Hornachuelos
¿De quién, señores, sabremos
si el alcalde en casa está?

Tarugo
Aquí los dos le atendemos.

Lagartija	Señal es que aquí saldrá.
Sancho	Tan cierta, que ya le vemos.

(Salen Crespo, al alcalde y Redondo, escribano, y Pedro.)

Crespo	¡Oh valientes regidores!
Redondo	Siéntense vuesas mercedes.
Crespo	Sin ceremonia, señores.
Tarugo	En cortés, exceder puedes a los corteses mayores.
Crespo	Siéntese aquí el escribano, y a mi izquierda y diestra mano los regidores estén; y tú, Pedro, estarás bien a mis espaldas.
Pedro	Es llano. Aquí, en tu capilla, están las sentencias suficientes a cuantos pleitos vendrán, aunque nunca pares mientes a la relación que harán; y si alguna no estuviere, a tu asesor te refiere, que yo lo seré de modo que te saque bien de todo, y sea lo que se fuere.

Redondo	¿Quieren algo, señores?
Lagartija	Sí querríamos.
Redondo	Pues digan: que aquí está el señor alcalde, que les hará justicia rectamente.
Crespo	Perdónemelo Dios lo que ahora digo, y no me sea tomado por soberbia: tan tiestamenta pienso hacer justicia, como si fuese un sonador romano.
Redondo	Senador, Martín Crespo.
Crespo	Allá va todo. Digan su pleito apriesa y brevemente: que apenas me le habrán dicho, en mi ánima, cuando les dé sentencia rota y justa.
Redondo	Recta, señor alcalde.
Crespo	Allá va todo.
Hornachuelos	Prestóme Lagartija tres reales, volvíle dos, la deuda queda en uno, y él dice que le debo cuatro justos. Éste es el pleito: brevedad, y dije. ¿Es aquesto verdad, buen Lagartija?
Lagartija	Verdad; pero yo hallo por mi cuenta, o que yo soy un asno, o que Hornachuelos me queda a deber cuatro.

Crespo	¡Bravo caso!
Lagartija	No hay más en nuestro pleito, y me rezumo en lo que sentenciare el señor Crespo.
Redondo	Rezumo por resumo, allá va todo.
Crespo	¿Qué decís vos a esto, Hornachuelos?
Hornachuelos	No hay qué decir; yo en todo me arremeto al señor Martín Crespo.
Redondo	Me remito, ¡pese a mi abuelo!
Crespo	Dejadle que arremeta; ¿qué se os da a vos, Redondo?
Redondo	A mí, nonada.
Crespo	Pedro, sácame, amigo, una sentencia desa capilla: la que está mas cerca.
Redondo	¿Antes de ver el pleito, hay ya sentencia?
Crespo	Ahí se podrá ver quión es Callejas.
Pedro	Léase esta sentencia, y punto en boca.
Redondo	«En el pleito que tratan .N. y .F.»
Pedro	Zutano con Fulano significan la .N. con la .F. entre dos puntos.

Redondo   Así es verdad. Y digo que «en el pleito
que trata este Fulano con Zutano,
que debo condenar, fallo y condeno
al dicho puerco de Zutano a muerte,
porque fue matador de la criatura
del ya dicho Fulano...». Yo no atino
qué disparate es éste deste puerco
y de tantos Fulanos y Zutanos,
ni sé cómo es posible que esto cuadre
ni esquine con el pleito destos hombres.

Crespo   Redondo está en lo cierto, Pedro amigo,
mete la mano y saca otra sentencia;
podría ser que fuese de provecho.

Pedro   Yo, que soy asesor vuestro, me atrevo
de dar sentencia luego cual convenga.

Lagartija   Por mí, mas que la dé un jumento nuevo.

Sancho   Digo que el asesor es extremado.

Hornachuelos   Sentencia norabuena.

Crespo   Pedro, vaya,
que en tu magín mi honra deposito.

Pedro   Deposite primero Hornachuelos,
para mí, el asesor, doce reales.

Hornachuelos   Pues sola la mitad importa el pleito.

Pedro   Así es verdad: que Lagartija, el bueno,
tres reales de a dos os dio prestados,
y déstos le volvistes dos sencillos;

	y por aquesta cuenta debéis cuatro, y no, cual decís vos, no más de uno.
Lagartija	Ello es ansí, sin que le falte cosa.
Hornachuelos	No lo puedo negar; vencido quedo, y pagaré los doce con los cuatro.
Redondo	Ensúciome en Catón y en Justiniano, ioh Pedro de Urde, montañés famoso!, que así lo muestra el nombre y el ingenio.
Hornachuelos	Yo voy por el dinero, y voy corrido.
Lagartija	Yo me contento con haber vencido.

(Vanse Lagartija y Hornachuelos. Salen Clemente y Clemencia, como pastor y pastora, embozados.)

Clemente	Permítase que hablemos embozados ante tan justiciero ayuntamiento. alcalde Mas que habléis en un costal atados; porque a oír, y no a ver, aquí me siento.
Clemente	Los siglos que renombre de dorados les dio la antigüedad con justo intento, ya se ven en los nuestros, pues que vemos en ellos de justicia los extremos. Vemos un Crespo alcalde... alcalde Dios os guarde. Dejad aquesas lonjas a una parte...
Redondo	Lisonjas, decir quiso.

Crespo   Y, porque es tarde,
de vuestro intento en breve nos dad parte.

Clemente   Con verdadera lengua, cierto alarde
hace de lo que quiero parte a parte.

Crespo   Decid: que ni soy sordo, ni lo he sido.

Clemente   Desde mis tiernos años,
de mi fatal estrella conducido,
sin las nubes de engaños,
el Sol que en este velo está escondido
miré para adoralle,
porque esto hizo el que llegó a miralle.
 Sus rayos se imprimieron
en lo mejor del alma, de tal modo,
que en sí la convirtieron:
todo soy fuego, yo soy fuego todo,
y, con todo, me hielo,
si el Sol me falta que me eclipsa un velo.
 Grata correspondencia
tuvo mi justo y mi cabal deseo:
que Amor me dio licencia
a hacer de mi alma rico empleo:
en fin, esta pastora,
así como la adoro, ella me adora.
 A hurto de su padre,
que es de su libertad duro tirano,
que ella no tiene madre,
de esposa me entregó la fe y la mano;
y agora, temerosa
del padre, no confiesa ser mi esposa.
 Teme que el padre, rico,
se afrente de mi humilde medianía,

24

porque hace el pellico
al monje en estad edad de tiranía.
Él me sobra en riqueza;
pero no en la que da naturaleza.
 Como él, yo soy tan bueno;
tan rico, no, y a su riqueza igualo
con estar siempre ajeno
de todo vicio perezoso y malo;
y, entre buenos, es fuero
que valga la virtud más que el dinero.
 Pido que ante ti vuelva
a confirmar el sí de ser mi esposa,
y en serlo se resuelva,
sin estar de su padre temerosa,
pues que no aparta el hombre
a los que Dios juntó en su gracia y nombre.

Crespo   ¿Qué respondéis a esto,
                  Sol que entre nubes se cubrió a deshora?

Clemente   Su proceder honesto
                  la tendrá muda, por mi mal, agora;
                  pero señales puede
                  hacer con que su intento claro quede.

Crespo   ¿Sois su esposa, doncella?

Pedro   La cabeza bajó: señal bien clara
                  que no lo niega ella.

Sancho   Pues, ¿en qué, Martín Crespo, se
                  repara?

Crespo   En que de mi capilla

se saque la sentencia, y en oílla.
Pedro, sácala al punto.

Pedro

Yo sé que ésta saldrá pintiparada,
porque, a lo que barrunto,
siempre fue la verdad acreditada,
por atajo o rodeo;
y esta sentencia lo dirá que leo.

(Saca un papel de la capilla, y léele Pedro.)

«Yo, Martín Crespo, alcalde, determino
que sea la pollina del pollino.»

Redondo

Vaso de suertes es vuestra capilla,
y ésta que ha sido agora pronunciada,
aunque es para entre bestias, maravilla,
y aun da muestras de ser cosa pensada.
Clemente El alma en Dios, y en tierra la rodilla,
la vuestra besaré, como a estremada
coluna que sustenta el edificio
donde moran las ciencias y el jüicio.

Crespo

Puesto que redundará esta sentencia,
hijo, en haberos dado el alma mía,
porque no es otra cosa mi Clemencia,
me fuera de gran gusto y alegría.
Y alégrenos agora la presencia
vuestra, que está en razón y en cortesía,
pues ya lo desleído y sentenciado
será, sin duda alguna, ejecutado.

Clemencia

Pues, con ese seguro, padre mío,

el velo quito y a tus pies me postro.
Mal haces en usar deste desvío,
pues soy tu hija, y no espantable monstro.
Tú has dado la sentencia a tu albedrío,
y, si es injusta, es bien que te dé en rostro;
pero, si justa es, haz que se apruebe,
con que a debida ejecución se lleve.

Crespo   Lo que escribí, escribí; bien dices, hija:
y así, a Clemente admito por mi hijo,
y el mundo deste proceder colija
que más por ley que por pasión me rijo.

Sancho   No hay alma aquí que no se regocija
de vuestro no pensado regocijo.

Tarugo   Ni lengua que a Martín Crespo no alabe
por hombre ingeniosísimo y que sabe.

Pedro   Nuestro amo, habéis de saber
que es merced particular
la que el cielo quiere hacer
cuando se dispone a dar
al hombre buena mujer;
y corre el mismo partido
ella, si le da marido
que sea en todo varón,
afable de condición,
más que arrojado, sufrido.
De Clemencia y de Clemente
se hará un junta dichosa,
que os alegre y os contente,
y quien lleve vuestra honrosa
estirpe de gente en gente,

y esta noche de San Juan
las bodas celebrarán,
con el suyo y vuestro gusto.

Crespo   Señales de hombre muy justo
todas tus cosas me dan;
pero la boda otro día
se hará: que es noche ocupada
de general alegría
aquésta.

Clemente   No importa nada,
siendo ya Clemencia mía:
que el gusto del corazón
consiste en la posesión
mucho más que en la esperanza.

Pedro   ¡Oh, cuántas cosas alcanza
la industria y sagacidad!

Crespo   Vamos, que hay mucho que hacer
esta noche.

Tarugo   Sea en buen hora.

Clemente   Ni qué esperar ni temer
me queda, pues por señora
y esposa te vengo a ver.

Tarugo   ¡Bien escogistes, Clemencia!

Clemencia   Al que ordenó la sentencia
las gracias se den, y al cielo.

| Pedro | De que he encargado, recelo, |
| | algún tanto mi conciencia. |

(Vanse todos, y, al entrarse, sale Pascual y tira del sayo a Pedro, y quédanse los dos en el teatro, y tras Pascual sale un sacristán.)

| Pascual | Pedro amigo. |

Pedro	¿Qué hay, Pascual?
	No pienses que me descuido
	del remedio de tu mal;
	antes, en él tanto cuido,
	que casi no pienso en al.
	Esta noche de San Juan
	ya tú sabes cómo están
	del lugar las mozas todas
	esperando de sus bodas
	las señales que les dan.
	Benita, el cabello al viento,
	y el pie en una bacía
	llena de agua, y oído atento,
	ha de esperar hasta el día
	señal de su casamiento;
	sé tú primero en nombrarte
	en su calle, de tal arte,
	que claro entienda tu nombre.

Pascual	Por excelencia, el renombre
	de industrioso pueden darte.
	Yo lo haré así: queda en paz;
	mas, después de aquesto hecho,
	tú lo que faltare haz,
	ansí no abrasa tu pecho
	el fuego de aquel rapaz.

Pedro   Así será; ve con Dios.

(Vase Pascual.)

Sacristán   Por ligero que seáis vos,
               yo os saldré por el atajo,
               y buscaré sin trabajo
               la industria de ambos a dos.

(Vase el Sacristán. Sale Maldonado, conde de gitanos; y adviértase que todos
los que hicieren figura de gitanos, han de hablar ceceoso.)

Maldonado   Pedro, ceñor, Dioz te guarde.
               ¿Qué te haz hecho, que he venido
               a buzcarte aquezta tarde,
               por ver ci eztás ya atrevido,
               o todavía cobarde?
               Quiero decir, ci te agrada
               el cer nueztra camarada,
               nueztro amigo y compañero,
               como me haz dicho.

Pedro   Sí quiero.

Maldonado   ¿Reparaz en algo?

Pedro   En nada.

Maldonado   Mira, Pedro: nueztra vida
               ez zuelta, libre, curioza,
               ancha, holgazana, estendida,
               a quien nunca falta coza
               que el deceo buzque y pida.

Danoz el herbozo zuelo
lechoz; círvenoz el cielo
de pabellón dondequiera;
ni noz quema el zol, ni altera
el fiero rigor del yelo.
El máz cerrado vergel
laz primiciaz noz ofrece
de cuanto bueno haya en él;
y apenaz ce vee o parece
la albilla o la mozcatel,
que no eztá luego en la mano
del atrevido gitano,
zahorí del fruto ajeno,
de induztria y ánimo lleno,
ágil, prezto, zuelto y zano.
Gozamoz nuestroz amorez
librez del dezazociego
que dan loz competidorez,
calentándonoz zu fuego
cin celoz y cin temorez.
Y agora eztá una mochacha
que con nadie no ce empacha
en nueztro rancho, tan bella,
que no halla en qué ponella
la envidia ni aun una tacha.
Una gitana, hurtada,
la trujo; pero ella es tal,
que, por hermoza y honrada,
muestra que es de principal
y rica gente engendrada.
Ezta, Pedro, cerá tuya,
aunque máz el yugo huya,
que rinde la libertad,
cuando de nueztra amiztad

lo acordado ce concluya.

Pedro

Porque veas, Maldonado,
lo que me mueve el intento
a querer mudar de estado,
quiero que me estés atento
un rato.

Maldonado

De muy buen grado.

Pedro

Por lo que te he de contar,
vendrás en limpio a sacar
si para gitano soy.

Maldonado

Atento eztaré y eztoy;
bien puedez ya comenzar.

Pedro

Yo soy hijo de la piedra,
que padre no conocí:
desdicha de las mayores
que a un hombre pueden venir.
No sé dónde me criaron;
pero sé decir que fui
destos niños de dotrina
sarnosos que hay por ahí.
Allí, con dieta y azotes,
que siempre sobran allí,
aprendí las oraciones,
y a tener hambre aprendí;
aunque también con aquesto
supe leer y escribir,
y supe hurtar la limosna,
y desculparme y mentir.
No me contentó esta vida

cuando algo grande me vi,
y en un navío de flota
con todo mi cuerpo di,
donde serví de grumete,
y a las Indias fui y volví,
vestido de pez y anjeo,
y sin un maravedí.
Temí con los huracanes,
y con las calmas temí,
y espantóme la Bermuda
cuando su costa corrí.
Dejé el comer del bizcocho
con dos dedos de hollín,
y el beber vino del diablo
antes que de San Martín.
Pisé otra vez las riberas
del rico Guadalquivir,
y entreguéme a sus crecientes,
y a Sevilla me volví,
donde al rateruelo oficio
me acomodé bajo y vil
de mozo de la esportilla,
que el tiempo lo pidió ansí;
en el cual, sin ser yo cura,
muy muchos diezmos cogí,
haciendo salva a mil cosas
que me condenan aquí.
En fin: por cierta desgracia,
el oficio tuvo fin,
y comenzó el peligroso
que suelen llamar mandil.
En él supe de la hampa
la vida larga y cerril,
formar pendencias del viento,

y con el soplo herir.
Mi amo, que era tan bravo
como ligero pasquín,
dio asalto a una faldriquera
a lo callado y sotil;
con las manos en la masa
le cogió un cierto alguacil,
y él quiso ser en un potro
confesor y no martir;
mártir, digo, Maldonado.

Maldonado   En eso, ¿qué me va a mí?
Pronunciad como os dé gusto,
pues que no habláis latín.

Pedro   Palmeóle las espaldas
contra su gusto el bochín,
de lo cual quedó mohíno,
según que dijo un malsín.
A las casas movedizas
le llevaron, y yo vi
arañarse la Escalanta
y llorar la Becerril.
Yo, viéndome sin el fieltro
de mi andaluz paladín,
de mandil a mochilero
un salto forzoso di.
Deparóme la fortuna
un soldado espadachín
de los que van hasta el puerto,
y se vuelven desde allí.
Las boletas rescatadas,
las gallinas que cogí,
si no las perdona el cielo,

¡desventurado de mí!
Diome en rostro aquella vida,
porque della conocí
que el soldado churrullero
tiene en las gurapas fin,
y a gentilhombre de playa
en un punto me acogí,
vida de mil sobresaltos
y de contentos cien mil.
Mas, por temor de irme a Argel,
presto a Córdoba me fui,
adonde vendí aguardiente,
y naranjada vendí.
Allí el salario de un mes
en un día me bebí,
porque, si hay agua que sepa,
la ardiente es doctor sotil.
Arrojárame mi amo
con un trabuco de sí,
y en casa de un asturiano
por mi desventura di.
Hacía suplicaciones,
suplicaciones vendí,
y en un día diez canastas
todas las jugué y perdí.
Fuime, y topé con un ciego,
a quien diez meses serví,
que, a ser años, yo supiera
lo que no supo Merlín.
Aprendí la jerigonza,
y a ser vistoso aprendí,
y a componer oraciones
en verso airoso y gentil.
Murióseme mi buen ciego,

dejóme cual Juan Paulín,
sin blanca, pero discreto,
de ingenio claro y sotil.
Luego fui mozo de mulas,
y aun de un fullero lo fui,
que con la boca de lobo
se tragara a San Quintín;
gran jugador de las cuatro,
y con la sola le vi
dar tan mortales heridas,
que no se pueden decir.
Berrugeta y ballestilla,
el raspadillo y hollín
jugaba por excelencia,
y el Mase Juan hi de ruin.
Gran saje del espejuelo,
y del retén tan sotil,
que no se le viera un lince
con los antojos del Cid.
Cayóse la casa un día,
vínole su San Martín,
pusiéronle un sobreescrito
encima de la nariz.
Dejéle, y víneme al campo,
y sirvo, cual ves, aquí,
a Martín Crespo, el alcalde,
que me quiere más que a sí.
Es Pedro de Urde mi nombre:
mas un cierto Malgesí,
mirándome un día las rayas
de la mano, dijo así:
«Añadidle Pedro al Urde
un malas; pero advertid,
hijo, que habéis de ser rey,

fraile y papa, y matachín.
Y avendráos por un gitano
un caso que sé decir
que le escucharán los reyes
y gustarán de le oír.
Pasaréis por mil oficios
trabajosos; pero al fin
tendréis uno do seáis
todo cuanto he dicho aquí.»
Y, aunque yo no le doy crédito,
todavía veo en mí
un no sé qué que me inclina
a ser todo lo que oí;
pues, como deste pronóstico
el indicio veo en ti,
digo que he de ser gitano,
y que lo soy desde aquí.

Maldonado   ¡Oh Pedro de Urdemalaz generozo,
                   coluna y cer del gitanezco templo!
                   Ven, y daraz principio al alto intento
                   que te incita, te mueve, impele y lleva
                   a ponerte en la lizta gitanezca;
                   ven a adulcir el agrio y tierno pecho
                   de la hurtada mochacha que te he dicho,
                   por quien zeráz dichoso zobremodo.

Pedro   Vamos, que yo no pongo duda en eso,
                   y espero deste asumpto un gran suceso.

(Vanse. Pónese Benita a la ventana en cabello.)

Benita   Tus alas, ¡oh noche!, extiende
                   sobre cuantos te requiebran,

y a su gusto justo atiende,
pues dicen que te celebran
hasta los moros de aliende.
Yo, por conseguir mi intento,
los cabellos doy al viento,
y el pie izquierdo a una bacía
llena de agua clara y fría,
y el oído al aire atento.
Eres noche tan sagrada,
que hasta la voz que en ti suena
dicen que viene preñada
de alguna ventura buena
a quien la escucha guardada.
Haz que a mis oídos toque
alguna que me provoque
a esperar suerte dichosa.

(Sale el Sacristán.)

Sacristán   Prenderá a la dama hermosa,
                   sin alguna duda, el Roque.
                   Roque ha de ser el que prenda
                   en este juego a la dama,
                   puesto que ella se defienda;
                   que su ventura le llama
                   a gozar tan rica prenda.

Benita   Roque dicen, Roque oí.
                    Pues no hay otro Roque aquí
                    que el necio del sacristán.
                    Veamos si nombrarán
                    Roque otra vez.

Sacristán   Será así,

porque es el Roque tal pieza,
que no hay dama que se esquive
de entregalle su belleza;
y, aunque en estrecheza vive,
es muy rico en su estrecheza.

Benita   ¡Ce!, gentilhombre, tomad
este listón y mostrad
quién sois mañana con él.

Sacristán   Seréos en todo fiel,
extremo de la beldad;

(Estándole dando un listón Benita al Sacristán, sale Pascual, y ásele del cuello y quítale la cinta.)

que cualquiera que seáis
de las dos que en esta casa
vivís, sé os aventajáis
a Venus.

Pascual   ¿Que aquesto pasa?
¿Que esta cuenta de vos dais?
Benita, ¿que a un sacristán,
vuestros despojos se dan?
Grave fuera aquesta culpa,
si no tuviera disculpa
en ser noche de San Juan.
Vos, bachiller graduado
en letras de canto llano,
¿de quién fuistes avisado
para ganar por la mano
el juego mal comenzado?
¿Así a maitines se toca

con vuestra vergüenza poca?
¿Así os hacen olvidar
del cantar y repicar
los picones de una loca?

(Sale Pedro.)

Pedro   ¿Qué es esto, Pascual amigo?

Pascual   El sacristán y Benita
                         han querido sea testigo
                         de que ella es mujer bendita
                         y él de embustes enemigo;
                          mas porque no se alborote,
                         y vea que al estricote
                         le trae su honra su intento,
                         por testigos le presento
                         esta cinta y este zote.

Sacristán   Por las santas vinajeras,
                         a quien dejo cada día
                         agostadas y ligeras,
                         que no fue la intención mía
                         de burlarme con las veras.
                          Hoy a los dos os oí
                         lo que había de hacer allí
                         Benita, en cabello puesta,
                         y, por gozar de la fiesta,
                         vine, señores, aquí.
                          Nombréme, y ella acudió
                         al reclamo, como quien,
                         del primer nombre que oyó,
                         de su gusto y de su bien
                         indicio claro tomó;

que la vana hechicería
que la noche antes del día
de San Juan usan doncellas,
hace que se muestren ellas
de liviana fantasía.

Pascual   ¿Para qué te dio esta cinta?

Sacristán   Para que me la pusiese,
y conocer por su pinta
quién yo era, cuando fuese
ya la luz clara y distinta.

Benita   ¿Para qué a tantas preguntas
te alargas, Pascual? ¿Barruntas
mal de mí? Mas no lo dudo,
porque, en mi daño, de agudo
siempre he visto que despuntas.

Pascual   Así con esa verdad
se te arranque el alma, ingrata,
sospechosa en la amistad,
que con más llaneza trata
que vio la sinceridad.
Los álamos de aquel río,
que con el cuchillo mío
tienen grabado tu nombre,
te dirán si yo soy hombre
de buen proceder vacío.

Pedro   Yo soy testigo, Benita,
que no hay haya en aquel prado
donde no te vea escrita,
y tu nombre coronado

que tu fama solicita.

Pascual   ¿Y en qué junta de pastores
me has visto que los loores
de Benita no alce al cielo,
descubriendo mi buen celo
y encubriendo mis amores?
  ¿Qué almendro, guindo o manzano
has visto tú que se viese
en dar su fruto temprano
que por la mía no fuese
traído a tu bella mano
 antes que las mismas aves
le tocasen? Y aun tú sabes
que otras cosas por ti he hecho
de tu honra y tu provecho,
dignas de que las alabes.
 Y en los árboles que ahora
vendrán a enramar tu puerta,
verás, crüel matadora,
cómo en ellos se vee cierta
la gran fe que en mi alma mora.
 Aquí verás la verbena,
de raras virtudes llena,
y el rosal, que alegra al alma,
y la vitoriosa palma,
en todos sucesos buena.
 Verás del álamo erguido
pender la delgada oblea,
y del valle aquí traído,
para que en tu puerta sea
sombra al Sol, gusto al sentido.

Benita   No hayas miedo me provoque

tu arenga a que yo te toque
la mano, encuentro amoroso,
porque no ha de ser mi esposo
quien no se llamare Roque.

Pedro   Tú tienes mucha razón;
pero el remedio está llano
con toda satisfación,
porque nos le da en la mano
la santa Confirmación.
 Puede Pascual confirmarse,
y puede el nombre mudarse
de Pascual en Roque, y luego,
con su gusto y tu sosiego,
puede contigo casarse.

Benita   Dese modo, yo lo aceto.

Sacristán   ¡Gracias a Dios que me veo
libre de tan grande aprieto!

Pedro   Que has hecho un gallardo empleo,
Benita, yo te prometo,
 porque aquel refrán que pasa
por gente de buena masa,
que es discreto determino·
«Al hijo de tu vecino,
límpiale y métele en casa».

Benita   Ponte ese listón, Pascual,
y en parte do yo le vea.

Pascual   Pienso hacer dél el caudal
que hace de su librea

Iris, arco celestial.
 Espérate, que ya suena
la música que se ordena
para el traer de los ramos.

Pedro   Con gusto aquí la esperamos.

Benita   Ella venga en hora buena.
Suena dentro todo género de música y su gaita
zamorana.

(Salen todos los que pudieren con ramos, principalmente Clemente, y los Músicos entran cantando esto:)

Músicos   Niña, la que esperas
en reja o balcón,
advierte que viene
tu polido amor.
 Noche de San Juan,
el gran Precursor,
que tuvo la mano
más que de reloj,
pues su dedo santo
tan bien señaló,
que nos mostró el día
que no anocheció;
muéstratenos clara,
sea en ti el albor
tal, que perlas llueva
sobre cada flor;
y en tanto que esperas
a que salga el Sol,
dirás a mi niña
en suave son:

44

Niña, la que esperas,
en reja o balcón,
advierte que viene
tu polido amor.
Dirás a Benita
que Pascual, pastor,
guarda los cuidados
de tu corazón;
y que de Clemencia
el que es ya señor,
es su humilde esclavo,
con justa razón;
y a la que desmaya
en su pretensión,
tenla de tu mano,
no la olvides, non,
y dile callando,
o en erguida voz,
de modo que oiga
la imaginación:
Niña, la que esperas
en reja o balcón,
advierte que viene
tu polido amor.

Clemente   Ello está muy bien cantado.
¡Ea!, enrámese este umbral
por el uno y otro lado.
¿Qué haces aquí, Pascual,
de los dos acompañado?
Ayúdanos, y a Benita
con servicios solicita,
enramándole la puerta:
que a la voluntad ya muerta

el servirla resucita.
 Ese laurel pon aquí,
ese sauce a esotra parte,
ese álamo blanco allí,
y entre todos tenga parte
el jazmín y el alhelí.
 Haga el suelo de esmeraldas
la juncia, y la flor de gualdas
le vuelva en ricos topacios,
y llénense estos espacios
de flores para guirnaldas.

Benita   Vaya otra vez la música, señores,
que la escucha Clemencia; y tú, mi Roque,

(Quítase de la ventana.)

haz que suene otra vez.

Pascual   A mí me place,
confirmadora dulce hermosa mía.
Vuélvanse a repicar esas sonajas,
háganse rajas las guitarras, vaya
otra vez el floreo, y solenícese
esta mañana en todo el mundo célebre,
pues que lo quiere así la gloria mía.

Clemente   Cántese, y vamos, que se viene el día.

Músicos   A la puerta puestos
de mis amores,
espinas y zarzas
se vuelven flores.
El fresno escabroso

y robusta encina,
puestos a la puerta
do vive mi vida,
verán que se vuelven,
si acaso los mira,
en matas sabeas
de sacros olores,
y espinas y zarzas
se vuelven flores;
do pone la vista
o la tierna planta,
la yerba marchita
verde se levanta;
los campos alegra,
regocija al alma,
enamora a siervos,
rinde a señores,
y espinas y zarzas
se vuelven flores.

(Vanse cantando.)

(Salen Inés y Belica, gitanas, que las podrán hacer las que han hecho Benita y Clemencia.)

Inés   Mucha fantasía es ésa;
                Belilla, no sé qué diga:
                o tú te sueñas condesa,
                o que eres del rey amiga.

Belica   De que sea sueño me pesa.
                Inés, no me des pasión
                con tanta reprehensión;
                déjame seguir mi estrella.

Inés	Confiada en que eres bella,
	tienes tanta presunción.
	Pues mira que la hermosura
	que no tiene calidad,
	raras veces aventura.

Belica	Confírmase esa verdad
	muy bien con mi desventura.
	¡Oh cruda suerte inhumana!
	¿Por qué a una pobre gitana
	diste ricos pensamientos?

Inés	Aquél fabrica en los vientos
	que a ver quién es no se allana.
	Huye desas fantasías;
	ven, y el baile aprenderás
	que comenzaste estos días.

Belica	Inés, tú me acabarás
	con tus extrañas porfías;
	pero engáñaste en pensar
	que tengo yo de guardar
	tu gusto cual justa ley,
	y solo ha de ser el rey
	el que me ha de hacer bailar.

Inés	Desa manera, Belilla,
	que vengáis al hospital
	no será gran maravilla:
	que hacer de la principal
	no es para vuestra costilla.
	¡Acomodaos, noramala,
	a la cocina y la sala,

                                a bailar aquí y allí!

Belica   Aqueso no es para mí.

Inés   ¿Pues qué? ¿El donaire y la gala,
                                el rumbo, el cer del tuzón,
                                derribando por el zuelo
                                el gitanezco blazón,
                                levantado hasta el cielo
                                por nuestra honezta intención?
                                Antes te vea yo comida
                                de rabia, y antes rendida
                                a un gitano que te dome,
                                o a un verdugo que te tome
                                de las espaldas medida.
                                ¿Esto por ti se ha de ver?
                                ¿Que no sea con gitano
                                gitana, mala mujer?
                                Chico hoyo hagas temprano,
                                si es que tan mala has de ser.

Belica   Mucho te alargas, Inés,
                                y, como simple, no ves
                                dónde mi intención camina.

Inés   Pues esta simple adivina
                                lo que tú verás después.

(Salen Pedro y Maldonado.)

Maldonado   Ésta que ves, Pedro hermano,
                                es la gitana que digo,
                                de parecer sobrehumano,
                                cuya posesión me obligo

49

de entregártela en la mano.
Acaba, muda de traje,
y aprende nuestro lenguaje;
y, aun sin aprenderle, entiendo
que has de ser gitano, siendo
cabeza de tu linaje.

Inés   ¡Danoz una limoznica,
                caballero atán garrido!

Maldonado   ¡Deso el labrador se pica!
                ¡Qué mal que le has conocido,
                Inés!

Inés   Pide tú, Belica.

Pedro   Si ella pide, no habrá cosa,
                por grande y dificultosa
                que sea, que yo no haga,
                sin esperar otra paga
                que el servir a una hermosa.

Maldonado   ¿No le rezpondes, ceñora?

Inés   Ceñor conde, vez do viene
                la viuda tan guardadora,
                que, puesto que mucho tiene,
                máz guarda y máz atezora.

(Sale una Viuda labradora, que la lleva un Escudero labrador de la mano.)

Inés   Limozna, ceñora mía,
                por la bendita María
                y por zu Hijo bendito.

Viuda	De mí nunca lleva el grito
	limosna, ni la porfía.
	Mejor estará el servir
	a vosotras, que os está
	tan sin vergüenza el pedir.
Escudero	Va el mundo de suerte ya,
	que no se puede sufrir.
	Es vagamunda esta era;
	no hay moza que servir quiera,
	ni mozo que por su yerro
	no se ande a la flor del berro:
	él sandio, y ella altanera.
	Y esta gente infrutuosa,
	siempre atenta a mil malicias,
	doblada, astuta y mañosa,
	ni a la Iglesia da primicias,
	ni al rey no le sube en cosa.
	A la sombra de herreros
	usan muchos desafueros,
	y, con perdón sea mentado,
	no hay seguro asno en el prado
	de los gitanos cuatreros.
Viuda	Dejadlos, y caminad,
	Llorente, que es algo tarde.

(Vanse el Escudero, Llorente y la Viuda.)

Belica	Tómame esa caridad.
	No hagáis sino hacer alarde
	de vuestra necesidad
	delante de aquesta gente,
	que no faltará un Llorente

como otro Gil que os persiga,
y, sin que os dé nada, diga
palabras con que os afrente.

Maldonado

¿Veisla, Pedro? Pues es fama
que tiene diez mil ducados
junto a los pies de su cama,
en dos cofres barreados
a quien sus ángeles llama.
  Requiébrase así con ellos,
que pone su gloria en ellos,
y así, en vellos se desalma:
que han de ser para su alma
lo que a Absalón sus cabellos.
  Solo a un ciego da un real
cada mes, porque le reza
las mañanas a su umbral
oraciones que endereza
al eterno tribunal,
  por si acaso sus parientes,
su marido y ascendientes
están en el purgatorio,
haga el santo consistorio
de su gloria merecientes;
  y con sola esta obra piensa
irse al cielo de rondón,
sin desmán y sin ofensa.

Pedro

  Que yo la saque de [h]arón
mi agudo ingenio dispensa.
  Informarte has, Maldonado,
de todos los que han pasado
deste mundo sus parientes,
amigos y bien querientes,

hasta el siervo o paniaguado,
 y tráemelo por escrito,
y verás cuán fácilmente
de su miseria la quito;
y, a lo que soy suficiente,
a este embuste lo remito.

Maldonado Desde su tercer abuelo
hasta el postrer netezuelo
que de su linaje ha muerto,
te trairé el número cierto,
sin que te discrepe un pelo.

Pedro Vamos, y verás después
lo que haré en aqueste caso
por el común interés.

Maldonado ¿Dó encaminarás el paso,
Belica?

Belica Do querrá Inés.

Pedro Doquiera que le encamines,
tendrá por honrosos fines
tu extremado pensamiento.

Belica Aunque fabrique en el viento,
Pedro, no te determines
 a burlar de mi deseo,
que de lejos se me muestra
una esperanza en quien veo
cierta luz tal, que me adiestra
y lleva al bien que deseo.

Pedro   De tu rara hermosura
          se puede esperar ventura
          que la iguale. Ven, gitana,
          por quien nuestra edad se ufana
          y en sus glorias se asegura.

          Fin de la primera jornada

Jornada segunda

(Salen un Alguacil, y Martín Crespo, el alcalde, y Sancho Macho, el regidor.)

Crespo   Digo, señor alguacil,
              que un mozo que se me fue,
              de ingenio agudo y sotil,
              de tronchos de coles sé
              que hiciera invenciones mil;
               y él me aconsejó que hiciese,
              si por dicha el rey pidiese
              danzas, una de tal modo,
              que se aventajase en todo
              a la que más linda fuese.
               Dijo que el llevar doncellas
              era una cosa cansada,
              y que el rey no gusta dellas,
              por ser danza muy usada
              y estar ya tan hecho a vellas;
               mas que por nuevos niveles
              llevase una de donceles
              como serranas vestidos;
              en pies y brazos ceñidos
              multitud de cascabeles;
               y ya tengo, a lo que creo,
              veinte y cuatro así aprestados,
              que pueden, según yo veo,
              ser sin vergüenza llevados
              al romano coliseo.
               Ya yo le enseñé los dos
              de los mejores.

Alguacil   Por Dios,
              que la invención es muy buena.

Sancho	Lo que nuestro alcalde ordena,
	es cosa rala entre nos,
	y todo lo que él más sabe
	de un su mozo lo aprendió
	que fue de su ingenio llave;
	mas ya se fue y nos dejó,
	que mala landre le acabe:
	que así quedamos vacíos,
	sin él, de ingenio y de bríos.

Alguacil   ¿Tanto sabe?

Sancho   Es tan astuto,
que puede darle tributo
Salmón, rey de los judíos.

Crespo   Haga cuenta, en viendo aquéstos,
que los veinte y cuatro mira:
que todos son tan dispuestos,
derechos como una vira,
sanos, gallardos y prestos.
 Aquél que no es nada renco
se llama Diego Mostrenco;
el otro, Gil el Peraile;
cada cual diestro en el baile
como gozquejo flamenco.
 Tocándoles Pingarrón,
mostrarán bien su destreza
a compás de cualquier son,
y alabarán la agudeza
de nuestra nueva invención.
 Las danzas de las espadas
hoy quedarán arrimadas,

a despecho de hortelanos,
envidiosos los gitanos,
las doncellas afrentadas.
 ¿No le pareció, señor,
muy bien el talle y el brío
de uno y otro danzador?

Alguacil   Si juzgo al parecer mío,
nunca vi cosa peor;
 y temo que, si allá vais,
de tal manera volváis,
que no acertéis el camino.

Crespo   Tocado, a lo que imagino,
señor, de la envi[di]a estáis.
 Pues en verdad que hemos de ir
con veinte y cuatro donceles
como aquéllos, sin mentir,
porque invenciones noveles,
o admiran o hacen reír.

Alguacil   Yo os lo aviso; queda en paz.

(Vase el Alguacil.)

Sancho   Alcalde, tu gusto haz,
porque verás por la prueba
que esta danza, por ser nueva,
dará al rey mucho solaz.

Crespo   No lo dudo. Venid, Sancho,
que ya el corazón ensancho,
do quepan los parabienes
de la danza.

Sancho   Razón tienes:
                        que has de volver hueco y ancho.

(Vanse. Salen dos Ciegos, y el uno Pedro de Urdemalas; arrímase el primero a una puerta, y Pedro junto a él, y pónese la Viuda a la ventana.)

Ciego   Ánimas bien fortunadas
                        que en el purgatorio estáis,
                        de Dios seáis consoladas,
                        y en breve tiempo salgáis
                        desas penas derramadas,
                        y, como un trueno,
                        baje a vos el ángel bueno
                        y os lleve a ser coronadas.

Pedro   Ánimas que desta casa
                        partistes al purgatorio,
                        ya en sillón, ya en silla rasa,
                        del divino consistorio
                        os venga al vuestro sin tasa,
                        y en un vuelo
                        el ángel os lleve al cielo,
                        para ver lo que allá pasa.

Ciego   Hermano, vaya a otra puerta,
                        porque aquesta casa es mía,
                        y en rezar aquí no acierta.

Pedro   Yo rezo por cortesía,
                        no por premio, cosa es cierta,
                        y así, puedo
                        rezar doquiera, sin miedo
                        de pendencia ni reyerta.

Ciego	¿Es vistoso, ciego honrado?
Pedro	Estoy desde que nací en una tumba encerrado.
Ciego	Pues yo en algún tiempo vi; pero ya, por mi pecado, nada veo, sino lo que no deseo, que es lo que vee un desdichado. ¿Sabrá oraciones abondo?
Pedro	Porque sé que sé infinitas, aquesto, amigo, os respondo, que a todos las doy escritas, o a muy pocos las escondo. Sé la del Ánima sola, y sé la de San Pancracio, que nadie cual ésta viola; la de San Quirce y Acacio, y la de Olalla española, y otras mil, adonde el verso sotil y el bien decir se acrisola; las de los Auxiliadores sé también, aunque son treinta, y otras de tales primores, que causo envidia y afrenta a todos los rezadores, porque soy, adondequiera que estoy, el mejor de los mejores. Sé la de los sabañones,

la de curar la tericia
y resolver lamparones,
la de templar la codicia
en avaros corazones;
sé, en efeto,
una que sana el aprieto
de las internas pasiones,
y otras de curiosidad.
Tantas sé, que yo me admiro
de su virtud y bondad.

Ciego   Ya por saberlas suspiro.

Viuda   Hermano mío, esperad.

Pedro   ¿Quién me llama?

Ciego   Según la voz, es el ama
de la casa, en mi verdad.
Ella es estrecha, aunque rica,
y solo a mandar rezar
es a lo que más se aplica.

Pedro   Pícome yo de callar
con quien al dar no se pica:
que esté mudo
a sus demandas no dudo
si no lo paga y suplica.

(Sale la Viuda.)

Viuda   Puesta en aquella ventana,
he escuchado sus razones
y su profesión cristiana,

y las muchas oraciones
con que tantos males sana;
y querría me hiciese
placer que algunas me diese
de las que le pediría,
dejando a mi cortesía
el valor del interese.

Pedro   Si despide a esotro ciego,
yo le diré maravillas.

Viuda   Pues yo le despido luego.

Pedro   Señora, no he de decillas
ni por dádivas ni ruego.

Viuda   Váyase, y venga después,
amigo.

Ciego   Vendré a las tres,
a rezar lo cuotidiano.

Viuda   En buen hora.

Ciego   Adiós, hermano,
ciego, o vistoso, o lo que es;
y si es que se comunica,
sepa mi casa, y verá
que, aunque pobre, ruin y chica,
sin duda en ella hallará
una voluntad muy rica;
y la alegre posesión
de un segoviano doblón
gozará liberalmente,

si nos da, de su torrente,
ya milagro, o ya oración.

Pedro   Está bien; yo acudiré
a saber la casa honrada
tan llena de amor y fe,
y pagaré la posada
con lo que le enseñaré.
 Cuarenta milagros tengo
con que voy y con que vengo
por dondequiera a mi paso,
y alegre la vida paso
y como un rey me mantengo.

(Vase el Ciego.)   Mas tú, señora Marina,
Sánchez en el sobrenombre,
a mi voz la oreja inclina,
y atenta escucha de un hombre
una embajada divina.
 Las almas de purgatorio
entraron en consistorio,
y ordenaron las prudentes
que les fuese a sus parientes
su insufrible mal notorio.
 Hicieron que una tomase,
de gran prudencia y consejo,
para que lo efetuase,
cuerpo de un honrado viejo,
y así al mundo se mostrase,
 y diéranle una instrucción
y una larga relación
de lo que tiene de hacer
para que puedan tener,
o ya alivio, o ya perdón;
 y está ya cerca de aquí

esta alma, en un cuerpo honesto,
y anciano, cual yo le vi,
y sobre un asno trae puesto
el cerro de Potosí.
 Viene lleno de doblones
que le ofrecen a montones
los parientes de las almas
que en las tormentas sin calmas
padecen graves pasiones.
 En oyendo que en su lista
hay alma que en purgatorio
con duras penas se atrista,
no hay talego, ni escritorio,
ni cofre que se resista.
 Hasta los gatos guardados,
de rubio metal preñados,
por librarla de tormentos,
descubren allí contentos
sus partos acelerados.
 Esta alma vendrá esta tarde,
señora Marina mía,
a hacer de su lista alarde
ante ti; pero querría
que en secreto esto se guarde,
 y que a solas la recibas
y que a darle te apercibas
lo que piden tus parientes
que moran en las ardientes
hornazas, de alivio esquivas.
 Esto hecho, te asegura
que te enseñará oración
con que aumentes tu ventura:
que esto ofrece en galardón
de aquella voluntad pura

que con él se muestra franca,
y de su escondrijo arranca
hasta el menudo cuatrín
y queda, cual San Paulín,
como se dice, sin blanca.

Viuda   ¿Que esa embajada me envía
esa alma, ciego bendito?

Pedro   Y toda de vos se fía,
y se remite a lo escrito
de vuestra genealogía.

Viuda   ¿Cómo la conoceré
cuando venga?

Pedro   Yo haré
que tome casi mi aspeto.

Viuda   ¡Oh, qué albricias te prometo!
¡Qué de cosas te daré!

Pedro   En las cosas semejantes
es bien gastar los dineros
guardados de tiempos antes;
los ayunos verdaderos,
y espaldas diciplinantes,
todo se ha de aventurar
solo por poder sacar
a un alma de su pasión,
y llevarla a la región
donde no mora el pesar.

Viuda   Ve en paz, y dile a ese anciano

que tan alegre le espero,
que en verle pondré en su mano
mi alma, que es el dinero,
con pecho humilde y cristiano:
 que, aunque soy un poco escasa,
me afligiré en ver que pasa
alma de pariente mío,
según dicen, fuego y frío,
éste o aquél muy sin tasa.

Pedro   Tu fama a la de Leandro
exceda, y jamás se tizne
tu pecho de otro Alejandro;
antes, cante dél un cisne
en las aguas de Meandro;
 a los hiperbóreos montes
pase, al cielo te remontes,
y allá te subas con ella,
y otra no encierren cual ella
nuestros corvos horizontes.

(Vanse los dos. Salen Maldonado y Belica.)

Maldonado   Mira, Belica: éste es hombre
que te sacará del lodo,
de grande ingenio y gran nombre,
tan discreto y presto en todo,
que es forzoso que te asombre.
 Quiérese volver gitano
por tu amor, y dar de mano
a otra cualquier pretensión:
considera si es razón
que le muestres pecho llano.
 Él será el mejor cuatrero,

según que me lo imagino,
que habrá visto el mundo entero,
solo, raro y peregrino
en las trazas de embustero;
 porque en una que ahora intenta
ha sacado en limpia cuenta
que ha de ser único en todas.

Belica   Fácilmente te acomodas
a tu gusto y a mi afrenta.
¿No se te ha ya traslucido
que el que a grande no me lleve
no es para mí buen partido?

Maldonado   No hay cosa en que más se pruebe
que careces de sentido,
 que en esa tu fantasía,
fundada en la lozanía
de tu juventud gallarda,
que en marchitarse no tarda
lo que el Sol corre en un día.
 Quiero decir que es locura
manifiesta, clara y llana,
pensar que la hermosura
dura más que la mañana,
que con la noche se oscura;
 y a veces es necedad
el pensar que la beldad
ha de ofrecer gran marido,
siendo por mejor tenido
el que ofrece la igualdad.
 Así que, gitana loca,
pon freno al grande deseo
que te ensalza y que te apoca,

y no busques por rodeo
lo que en nada no te toca.
Cásate, y toma tu igual,
porque es el marido tal
que te ofrezco, que has de ver
que en él te vengo a ofrecer
valor, ser, honra y caudal.

(Sale Pedro, ya como gitano.)

Pedro   ¿Qué hay, amigo Maldonado?

Maldonado   Una presunción, de suerte
                       que a mí me tiene admirado:
                       veo en lo flaco lo fuerte,
                       en un bajo un alto estado;
                       veo que esta gitanilla,
                       cuanto su estado la humilla,
                       tanto más levanta el vuelo,
                       y aspira a tocar el cielo
                       con locura y maravilla.

Pedro   Déjala, que muy bien hace,
                       y no la estimes en menos
                       por eso: que a mí me aplace
                       que con soberbios barrenos
                       sus máquinas suba y trace.
                       Yo también, que soy un leño,
                       príncipe y papa me sueño,
                       emperador y monarca,
                       y aún mi fantasía abarca
                       de todo el mundo a ser dueño.

Maldonado   Con la viuda, ¿cómo fue?

Pedro	Está en un punto la cosa,
	mejor de lo que pensé.
	Ella será generosa,
	o yo Pedro no seré.
	Pero, ¿qué gente es aquesta
	tan de caza y tan de fiesta?
Maldonado	El rey es, a lo que creo.
Belica	Hoy subirá mi deseo
	de amor la fragosa cuesta:

(Sale el Rey con un criado, Silerio, y todos de caza.)

	hoy a todo mi contento
	he de apacentar mis ojos,
	y al alma dar su sustento,
	gozando de los despojos
	que me ofrece el pensamiento
	y la vista.
Maldonado	Yo imagino
	que tu grande desatino
	en gran mal ha de parar.
Belica	Mal se puede contrastar
	a las fuerzas del destino.
Rey	¿Vistes pasar por aquí
	un ciervo, decid, gitanos,
	que va herido?
Belica	Señor, sí;

	atravesar estos llanos,
	habrá poco que le vi;
	lleva en la espalda derecha
	hincada una gruesa flecha.
Rey	Era un pedazo de lanza.
Belica	El huir y hacer mudanza
	de lugares no aprovecha
	al que en las entrañas lleva
	el hierro de amor agudo,
	que hasta en el alma se ceba.
Maldonado	Ésta dará, no lo dudo,
	de su locura aquí prueba.
Rey	¿Qué decís, gitana hermosa?
Belica	Señor, yo digo una cosa:
	que el Amor y el cazador
	siguen un mismo tenor
	y condición rigurosa.
	Hiere el cazador la fiera,
	y, aunque va despavorida,
	huyendo en larga carrera,
	consigo lleva la herida,
	puesto que huya dondequiera;
	hiere Amor el corazón
	con el dorado harpón,
	y el que siente el parasismo,
	aunque salga de sí mismo,
	lleva tras sí su pasión.
Rey	Gitana tan entendida

muy pocas veces se ve.

Belica   Soy gitana bien nacida.

Rey   ¿Quién es tu padre?

Belica   No sé.

Maldonado   Señor, es una perdida:
dice dos mil desvaríos,
tiene los cascos vacíos,
y llena la necedad
de una cierta gravedad
que la hace tomar bríos
sobre su ser.

Belica   Sea en buen hora;
loca soy por la locura
que en vuestra ignorancia mora.

Silerio   ¿Sabéis la buenaventura?

Belica   La mala nunca se ignora
de la humilde que levanta
su deseo a alteza tanta,
que sobrepuja a las nubes.

Silerio   Pues, ¿por qué tanto la subes?

Belica   No es mucho: a más se adelanta.

Rey   ¡Donaire tienes!

Belica   Y tanto,

que, fiada en mi donaire,
mis esperanzas levanto
sobre la región del aire.

Silerio   ¡Risa causas!

Rey   Y aun espanto.
¡Vamos! ¡Mal haya quien tiene
quien sus gustos le detiene!

Silerio   Por la reina dice aquesto.

Belica   No es bien el que viene presto,
si para partirse viene.

(Vanse el Rey y Silerio.)

Pedro   Mira, Belica: yo atino
que en poner en ti mi amor
haré un grande desatino,
y así, me será mejor
llevar por otro camino
mis gustos. Voy, Maldonado,
a efetuar lo trazado,
para que la viuda estrecha
se vea una copia hecha
del cuerno que está nombrado;
voime a vestir de ermitaño,
con cuyo vestido honesto
daré fuerzas a mi engaño.

Maldonado   Ve donde sabes, que puesto
te dejé el vestido extraño.

(Vase Pedro. Sale el Alguacil, comisario de las danzas.)

Alguacil   ¿Quién es aquí Maldonado?

Maldonado   Yo, mi señor.

Alguacil   Guárdeos Dios.

Belica   Alguacil y bien crïado,
                    ¡milagro! Nunca sois vos
                    de la aldea.

Maldonado   Has acertado,
                    porque es de Corte, sin duda.

Alguacil   Es menester que se acuda
                    con una danza al palacio
                    del bosque.

Maldonado   Dennos espacio.

Alguacil   Sí harán: que el rey se muda
                    del monesterio do está,
                    de aquí a dos días, a él.

Maldonado   Como lo mandas se hará.

Belica   ¿Viene la reina con él?

Alguacil   ¿Quién lo duda? Sí vendrá.

Belica   ¿Y es todavía celosa,
                    como suele, y rigurosa?

Alguacil	Dicen que sí: no sé nada.
Belica	¿No la hacen confiada el ser reina y ser hermosa?
Alguacil	Turba el demasiado amor a los sentidos más altos, de más prendas y valor.
Belica	A Amor son los sobresaltos muy anejos, y el temor.
Alguacil	Tan moza, ¿y eso sabéis? Apostaré que tenéis el alma en su red envuelta. Voime, que he de dar la vuelta por aquí. No os descuidéis, Maldonado, en que sea buena la danza, porque no hay pueblo que hacer la suya no ordena.
Maldonado	Todo mi aprisco despueblo; ella irá de galas llena.

(Vase el Alguacil. Salen Silerio, el criado del rey, e Inés, la gitana.)

Silerio	¿Que tan arisca es la moza?
Inés	Eslo, señor, de manera que de nonada se altera, y se enoja y alboroza; cierta fantasía reina en ella, que nos enseña, o que lo es, o que se sueña

que ha de ser princesa o reina;
no puede ver a gitanos
y usa con ellos de extremos.

Silerio   Pues agora le daremos
do pueda llenar las manos,
pues la quiere ver el rey
con amorosa intención.

Inés   En las leyes de afición
no guarda ninguna ley.
Aunque quizá, como es alta
y subida en pensamientos,
hallará que a sus intentos
un rey no podrá hacer falta.
Yo, a lo menos, de mi parte
haré lo que me has mandado,
y le daré tu recado,
no más de por contentarte.

Silerio   Pudiérase usar la fuerza
antes aquí que no el ruego.

Inés   Gusto con desasosiego,
antes mengua que se esfuerza.
Mas llevaremos la danza,
y hablarémonos después;
que la escala de interés
hasta las nubes alcanza.

Silerio   Encomiéndote otra cosa,
que importa más a este efeto.

Inés   ¿Qué encomiendas?

Silerio	El secreto;
	porque es la reina celosa;
	y con la menor señal
	que vea de su disgusto,
	turbará del rey el gusto,
	y a nosotros vendrá mal.
Inés	Váyase, que viene allí
	nuestro conde.
Silerio	Sea en buen hora,
	y humíllese esa señora;
	yo haré lo que fuere en mí.

(Vase Silerio. Entran Maldonado y Pedro, de ermitaño.)

Pedro	Aunque yo pintara el caso,
	no me saliera mejor.
Maldonado	Brunelo, el grande embaidor,
	ante ti retire el paso.
	Con tan grande industria mides
	lo que tu ingenio trabaja,
	que te ha de dar la ventaja,
	fraudador de los ardides.
	Libre de deshonra y mengua
	saldrás en toda ocasión,
	siendo en el pecho Sinón,
	Demóstenes en la lengua.
Inés	Señor conde, el rey aguarda
	nuestra danza aquesta tarde.

Pedro	Haga, pues, Belica alarde
	de mi rica y buena andanza;
	púlase y échese el resto
	de la gala y hermosura.
Inés	Quizá forjas su ventura,
	famoso Pedro, en aquesto.
	A ensayar la danza vamos,
	y a vestirnos de tal modo,
	que se admire el pueblo todo.
Pedro	Bien dices, y ya tardamos.

(Vanse todos. Salen el Rey y Silerio.)

Silerio	Digo, señor, que vendrá
	en la danza ahora, ahora.
Rey	Mi deseo se empeora,
	pasa de lo honesto ya;
	más me pide que pensé,
	y ya acuso la tardanza,
	pues la propincua esperanza
	fatiga, y crece la fe.
	A los ojos la hurtarás
	de la reina.
Silerio	Haré tu gusto.
Rey	Dirás cómo desto gusto,
	y aun otras cosas dirás,
	con que acuses mi deseo
	allá en tu imaginación.

Silerio	Si Amor guardara razón,
	fuera aquéste devaneo;
	pero, como no la guarda,
	ni te culpo, ni desculpo.
Rey	Conozco el mal, y me culpo,
	aunque con disculpa tarda
	y floja.
Silerio	La reina viene.
Rey	Mira que estés prevenido,
	y tan sagaz y advertido
	como a mi gusto conviene;
	porque esta mujer celosa
	tiene de lince los ojos.
Silerio	Hoy gozarás los despojos
	de la gitana hermosa.

(Sale la Reina.)

Reina	Señor, ¿sin mí? ¿Cómo es esto?
	No sé qué diga, en verdad.
Rey	Alegra la soledad
	deste fresco hermoso puesto.
Reina	¿Y enfada mi compañía?
Rey	Eso no es bien que digáis,
	pues con ella levantáis
	al cielo la suerte mía.

Reina   Cualquiera cosa me asombra
y enciende, y crece el deseo
si no os veo, o si no veo
de vuestro cuerpo la sombra;
y, aunque esto es impertinencia,
si conocéis que el amor
me manda como señor,
con gusto tendréis paciencia.

Silerio   Las danzas vienen, señores,
que dellas el son se ofrece.

(Suena el tamboril.)

Rey   Verémoslas, si os parece,
entre estas rosas y flores:
que el sitio es acomodado,
espacioso y agradable.

Reina   Sea ansí.

(Salen Crespo, el alcalde, y Tarugo, el regidor.)

Crespo   ¿Que no le hable? \
Tenéislo muy mal pensado.
Voto a tal, que he de quejarme
al rey de aquesta solencia.

Tarugo   Aquí está su reverencia,
Crespo.

Crespo   ¿Queréis engañarme?
¿Cuál es?

Rey   Yo soy. ¿Qué os han hecho,
             buen hombre?

Crespo   No sé qué diga.
             Han burlado mi fatiga,
             y nuestra danza deshecho,
              vuestros pajes, que los vea
             erguidos en Peralvillo.
             Sé sentillo, y no decillo;
             ¿qué más mal queréis que sea?
              Veinte y cuatro doncellotes,
             todos de tomo y de lomo,
             venían. Yo no sé cómo
             no os da el rey dos mil azotes,
              pajes, que sois la canalla
             más mala que tiene el suelo.
             Digo, pues, que, con mi celo,
             que es bueno el que en mí se halla,
              aquestos tantos donceles
             junté, como soy alcalde,
             para serviros de balde,
             con barbas y cascabeles.
              No quise traer doncellas,
             por ser danza tan usada,
             sino una cascabelada
             de mozos parientes dellas;
              y, apenas vieron sus trajes,
             al galán uso moderno,
             cuando todo el mismo infierno
             se revistió en vuestros pajes,
              y con trapajo y con lodo
             tanta carga les han dado,
             que queda desbaratado
             el danzante escuadrón todo.

Han sobajado al mejor
penuscón de danzadores
que en estos alrededores
vio príncipe ni señor.

Reina   Pues volvedlos a juntar,
que yo haré que el rey espere.

Tarugo   Aunque vuelva el que quisiere,
no se podrá rodear,
porque van todos molidos
como cibera y alheña,
de mojicón, ripio y leña
largamente proveídos.

Reina   ¿No traeréis uno siquiera,
porque gustaré de velle?

Tarugo   Veré si puedo traelle.

Crespo   Advertid que el rey espera,
Tarugo, y si no está Renco
tan malo como le vi,
traed, si es posible, aquí
a mi sobrino Mostrenco,
que en él echará de verse
cuáles los otros serían.
¡Oh, cuántos pajes se crían
en Corte para perderse!
Pensé que por ser del rey,
y tan bien nacidos todos,
usarían de otros modos
de mejor crïanza y ley;
pero cuatro pupilajes

de cuatro universidades,
no encierran tantas ruindades
como saben vuestros pajes.
 Las burlas que nos han hecho
descubren con sus ensayos
que traen cruces en los sayos
y diablos dentro del pecho.

(Vuelve Tarugo, y trae consigo a Mostrenco, tocado a papos, con un tranzado que llegue hasta las orejas, saya de bayeta verde guarnecida de amarillo, corta a la rodilla, y sus polainas con cascabeles, corpezuelo o camisa de pechos; y, aunque toque el tamboril, no se ha de mover de un lugar.)

Tarugo   A Mostrenco traigo; helo,
                    Crespo.

Crespo   Pingarrón, tocad;
                    que la buena majestad
                    en él verá nuestro celo

(Toca.)

                     y nuestro ingenio lozano.
                    Menéate, majadero,
                    o hazte de rogar primero,
                    como músico o villano.
                     ¡Hola! ¿A quién digo? Sobrino,
                    danza un poco, ¡pese a mí!

Tarugo   El diablo nos trujo aquí,
                    según que ya lo adivino.
                     ¡Yérguete, cuerpo del mundo!
                    Gínchale.

Crespo	¡Oh pajes de Satanás!
Reina	Ni le roguéis ni deis más.
Crespo	Hoy nos echas al profundo con tu terquedad.
Mostrenco	No puedo menearme, ¡por San Dios!
Silerio	¡Qué tierno doncel sois vos!
Tarugo	¿Qué tienes?
Mostrenco	Quebrado un dedo del pie derecho.
Rey	Dejalde, y a vuestro pueblo os volved.
Crespo	Si es que me ha de hacer merced, de Junquillos soy alcalde; y si castiga a sus pajes, otra danza le traeremos que pase a todos estremos en la invención y los trajes.

(Vanse Tarugo, Crespo, el alcalde, y Mostrenco.)

Reina	El alcalde es extremado.
Rey	Y la danza bien vestida.
Reina	Bien platicada y reñida,

                                y el premio bien esperado.

Silerio   Ésta es la de las gitanas
                 que viene.

Reina   Pues suelen ser
                 muchas de buen parecer
                 y de su traje galanas.

Rey   Que tiemble de una gitana
                 un rey, ¡qué gran poquedad!

Silerio   Verá vuestra majestad,
                 entre éstas, una galana
                 y hermosa sobremanera,
                 y sobremanera honesta.

Rey   ¡Caro el mirarla me cuesta!

Reina   ¿No llegan? ¿A qué se espera?

(Salen los Músicos, vestidos a lo gitano; Inés y Belica y otros dos muchachos, de gitanos, y en vestir a todas, principalmente a Belica, se ha de echar el resto; entra asimismo Pedro, de gitano, y Maldonado; han de traer ensayadas dos mudanzas y su tamboril.)

Pedro   Vuestros humildes gitanos,
                 majestades que Dios guarde,
                 hacemos vistoso alarde
                 de nuestros bríos lozanos.
                 Quisiéramos que esta danza
                 fuera toda de brocado;
                 mas el poder limitado
                 es muy poco lo que alcanza.

Mas, con todo, mi Belilla,
con su donaire y sus ojos,
os quitará mil enojos,
dándoos gusto y maravilla.
¡Ea, gitanas de Dios,
comenzad, y sea en buen pie!

Reina   Bueno es el gitano, a fe.

Maldonado   Id delantera las dos.

Pedro   ¡Ea, Belica, flor de abril;
             Inés, bailadora ilustre,
             que podéis dar fama y lustre
             a esta danza y a otras mil!
(Bailan.)   ¡Vaya el voladillo apriesa!
             ¡No os erréis; guardad compás!
             ¡Qué desvaída que vas,
             Francisquilla! ¡Ea, Ginesa!

Maldonado   Largo y tendido el cruzado,
             y tomen los brazos vuelo.
             Si ésta no es danza del cielo,
             yo soy asno enalbardado.

Pedro   ¡Ea, pizpitas ligeras
             y andarríos bulliciosos,
             llevad los brazos airosos
             y las personas enteras!

Maldonado   El oído en las guitarras,
             y haced de azogue los pies.

Pedro   ¡Por San; buenas van las tres!

Maldonado	Y aun las cuatro no van malas.
	Pero Belica es extremo
	de donaire, brío y gala.
Pedro	Como no bailan en sala,
	que tropiecen cuido y temo.
	Cae Belica junto al rey.
	¿No lo digo yo? Belilla
	ha caído junto al rey.
Rey	Que os alce yo es justa ley,
	nueva octava maravilla;
	y entended que con la mano
	os doy el alma también.
Reina	Ello se ha hecho muy bien;
	andado ha el rey cortesano.
	¡Bien su majestad lo allana,
	y la postra por el suelo,
	pues levanta hasta su cielo
	una caída gitana!
Belica	Mostró en esto su grandeza,
	pues casi fuera impiedad
	que junto a su majestad
	nadie estuviera en bajeza;
	y no se pudo ofender
	su grandeza en esto en nada,
	pues majestad confirmada
	no puede desfallecer;
	y, en cierta manera, creo

que cabe en la suerte mía
que me hagan cortesía
los reyes.

Reina   Ya yo lo veo.
¿Que ese privilegio tiene
la hermosura?

Rey   ¡Ea, señora,
no turbéis la justa ahora,
porque alegra y entretiene!

Reina   Apriétanme el corazón
esas palabras livianas.
Llevad aquestas gitanas
y ponedlas en prisión:
que es la belleza tirana,
y a cualquier alma conquista,
y está su fuerza en ser vista.

Rey   ¿Celos te da una gitana?
Cierto que es terrible cosa
e insufrible de decir.

Reina   Pudiérase eso decir,
a no ser ésta hermosa,
y a ser vuestra condición
de rey; pero no es así.
Llevádmelas ya de ahí.

Silerio   ¡Extraña resolución!

Inés   Señora, así el pensamiento
celoso no te fatigue,

ni hacer hazañas te obligue
que no lleven fundamento.
 Que a solas quieras oírme
un poco que te diré,
y en ello no intentaré
de tu prisión eximirme.

Reina   A mi estancia las llevad;
            pero traedlas tras mí.

(Vanse la Reina y las gitanas.)

Rey   Pocas veces celos vi
             sin tocar en crüeldad.

Silerio   Una sospecha me afana,
             señor, por lo que aquí veo,
             y es que di de tu deseo
             noticia a aquella gitana
              que a la reina quiere hablar
             en secreto, y es razón
             temer que de tu intención
             larga cuenta querrá dar.

Rey   En mi dolor tan acerbo,
             no me queda qué temer,
             pues no puede negro ser
             más que sus alas el cuervo.
              Venid, y daremos orden
             cómo se tiemple en la reina
             la furia que en ella reina,
             la confusión y desorden.

(Vanse el Rey y Silerio.)

Pedro	¡Bien habemos negociado, gustando vos del oficio!
Maldonado	Digo que pierdo el juïcio, y estoy como embelesado. Belica presa, e Inés con la reina quiere hablar. ¡Mucho me da que pensar!
Pedro	Y aun que temer.
Maldonado	Así es.
Pedro	Yo, a lo menos, el suceso no pienso esperar del caso: que a compás retiro el paso del gitanesco progreso. Un bonete reverendo y el eclesiástico brazo sacarán deste embarazo mi persona, a lo que entiendo. ¡Adiós, Maldonado!
Maldonado	Espera. ¿Qué quieres hacer?
Pedro	No, nada; la suerte tengo ya echada, y tengo sangre ligera. No me detendrán aquí con maromas y con sogas.
Maldonado	En muy poca agua te ahogas.

Nunca pensé tal de ti;
 antes, pensé que tenías
ánimo para esperar
un ejército.

Pedro   Es hablar:
otras son las fuerzas mías.
 Aún no me has bien conocido;
pues entiende, Maldonado,
que ha de ser el hombre honrado
recatado, y no atrevido;
 y es prudencia prevenir
el peligro. Queda en paz.

Maldonado   Sin porqué temes; mas haz
tu gusto.

Pedro   Yo sé decir
 que es razón que aquí se tema:
que las iras de los reyes
pasan términos y leyes,
como es su fuerza suprema.

Maldonado   Si así es, vámonos luego,
que nos estará mejor.

Músicos   Todos tenemos temor,

Maldonado   No lo niego.

(Vanse todos.)

Fin de la segunda jornada

Jornada tercera

(Sale Pedro, como ermitaño, con tres o cuatro taleguillos de anjeo llenos de arena en las mangas.)

Pedro
                  Ya está la casa vecina
                  de aquella viuda dichosa,
                  digo de aquella Marina
                  Sánchez, que, por generosa,
                  al cielo el alma encamina.

(Sale la Viuda Marina, a la ventana.)

                  Ya su marido, Vicente
                  del Berrocal, fácilmente
                  saldrá de la llama horrenda,
                  en cuanto Marina entienda
                  que yace en ella doliente;
                  su hijo, Pedro Benito,
                  amainará desde luego
                  el alto espantoso grito
                  con que se queja en el fuego
                  que abrasa el negro distrito;
                  dejará de estar mohíno
                  Martinico, su sobrino,
                  el del lunar en la cara,
                  viendo que se le prepara
                  de la gloria el real camino.

Viuda
                  Padre, espere, que ya abajo,
                  y perdone si le doy
                  en el esperar trabajo.

                  Quítase de la ventana y baja

Pedro	Gracias a los cielos doy,
	que me luce si trabajo;
	gracias doy a quien me ha hecho
	entrar en aqueste estrecho,
	donde, sin temor de mengua,
	me ha de sacar esta lengua
	con honra, gusto y provecho.
	Memoria, no desfallezcas,
	ni por algún acidente
	silencio a la lengua ofrezcas;
	antes, con modo prudente,
	ya me alegres, ya entristezcas,
	en los semblantes me muda
	que con aquesta viuda
	me acrediten, hasta tanto
	que la dejen, con espanto,
	contenta, pero desnuda.

(Sale la Viuda.)

| Viuda | Padre, déme aquesos pies. |

Pedro	Tente, honrada labradora;
	no me toques. ¿Tú no ves
	que adonde la humildad mora
	pierde el honor su interés?
	Las almas que están en penas,
	de todo contento ajenas,
	aunque más las soliciten,
	las ceremonias no admiten
	de que están las cortes llenas.
	Más les importa una misa
	que cuatro mil besamanos,

y esto tu padre te avisa,
y esos tratos cortesanos
tenlos por cosa de risa.
 Pero, en tanto que te doy
cuenta, amiga, de quién soy,
guárdame aqueste talego,
y estotro del nudo ciego,
con quien tan cargado voy.

Viuda   Ya, señor, tengo noticia
de quién eres, y sé bien
que tu voluntad codicia
que en misericordia estén
las almas y no en justicia.
 Sé la honrada comisión
que tienes, y, en conclusión,
te suplico que me cuentes
cómo las de mis parientes
tendrán descanso y perdón.

Pedro   Vicente del Berrocal,
tu marido, con setenta
escudos de principal
ha de rematar la cuenta
en mil bienes de su mal.

Pedro   Benito, tu hijo,
saldrá de aquel escondrijo
con cuarenta y seis no más,
y con esto le darás
un sin igual regocijo.
 Tu hija, Sancha Redonda,
pide que a su voluntad
tu larga mano responda:

que es soga la caridad
para aquella cueva honda.
  Cincuenta y dos amarillos
pide, redondos, sencillos,
o ya veinte y seis doblados,
con que serán quebrantados
de sus prisiones los grillos.
  Martín y Quiteria están,
tus sobrinos, en un pozo,
padeciendo estrecho afán,
y desde allí con sollozo
amargas voces te dan.
  Diez doblones de a dos caras
piden que ofrezca en las aras
de la devoción divina,
pues que los tiene Marina
entre sus cosas más caras.
  Sancho Manjón, tu buen tío,
padece en una laguna
mucha sed y mucho frío,
y con llantos te importuna
que des a su mal desvío.
  Solos catorce ducados
pide, pero bien contados
y en plata de cuño nuevo,
y yo a llevarlos me atrevo
sobre mis hombros cansados.

Viuda   ¿Vistes allá, por ventura,
                 señor, a mi hermana Sancha?

Pedro   Vila en una sepultura
                 cubierta con una plancha
                 de bronce, que es cosa dura,

y al pasarle por encima,
dijo: «Si es que te lastima
el dolor que aquí te llora,
tú, que vas al mundo agora,
a mi hermana y a mi prima
 dirás que en su voluntad
está el salir destas nieblas
a la inmensa claridad;
que es luz de aquestas tinieblas
la encendida caridad.
 Que apenas sabrá mi hermana
mi pena, cuando esté llana
a darme treinta florines,
por poner ella sus fines
en ser cuerda, y no de lana».
 Infinitos otros vi,
tus parientes y crïados,
que se encomiendan a ti,
cuáles hay de a dos ducados,
cuáles de a maravedí;
 y séte decir, en suma,
que, reducidos con pluma
y con tinta a buena cuenta,
a docientos y cincuenta
escudos llega la suma.
 No te azores, que ese saco
que te di a guardar primero,
si es que bien la cuenta saco,
me le dio un bodegonero,
grande imitador de Caco,
 no más de porque a su hija,
que entre rescoldo de hornija
yace en las hondas cavernas,
en sus delicadas piernas

el fuego menos la aflija.
 Un mozo de mulas fue
quien me dio el saco segundo
que en tus manos entregué,
gran caminador del mundo,
malo, mas de buena fe.
 De arenas de oro de Tíbar
van llenos, con que el acíbar
y amarguísimo trabajo
de las almas de allá abajo
se ha de volver en almíbar.
 ¡Ea, pues, mujer gigante,
mujer fuerte, mujer buena;
nada se os ponga delante
para no aliviar la pena
de toda ánima penante!
 Desechad de la garganta
ese nudo que os quebranta,
y decid con voz serena:
«Haré, señor, cuanto ordena
tu voz sonorosa y santa».
 Que, en entregando los numos
en estas groseras manos,
con gozos altos y sumos,
sus fuegos más inhumanos
verás convertir en humos.
 ¿Qué será ver a deshora
que por la región del aire
va un alma zapateadora
bailando con gran donaire,
de esclava hecha señora?
 ¡Qué de alabanzas oirás
por delante y por detrás,
ora vayas, ora estés,

de toda ánima cortés
a quien hoy libertad das!

(Vuélvele los sacos.)

Viuda
      Tenga, y un poco me espere,
      que yo voy, y vuelvo luego
      con todo aquello que quiere.

(Vase la Viuda.)

Pedro
      En gusto, en paz y en sosiego
      tu vida el cielo prospere.
      Si bien en ello se advierte,
      aquésta es la mujer fuerte
      que se busca en la Escritura.
      Tengas, Marina, ventura
      en la vida y en la muerte.
      Belilla, gitana bella,
      todo el fruto deste embuste
      gozarás sin falta o mella,
      aunque tu gusto no guste
      de mi amorosa querella.
      Cuanto este dinero alcanza
      se ha de gastar en la danza
      y en tu adorno, porque quiero
      que por galas ni dinero
      no malogres tu esperanza.

(Vuelve la Viuda con un gato lleno, como que trae el dinero.)

Viuda
      Toma, venerable anciano,
      que ahí va lo que pediste,
      y aun a darte más me allano.

Pedro	Marina, el tuyo me diste
	con el proceder cristiano.
	En trasponiendo esta loma,
	en un salto daré en Roma
	y en otro en el centro hondo;
	y, porque a quien soy respondo,
	mi buena bendición toma,
	que da salud a las muelas,
	preserva que no se engañe
	nadie con fraude y cautelas,
	ni que de mirar se extrañe
	las noturnas centinelas.
	Puede en las escuras salas
	tender sin temor las alas
	el más flaco corazón,
(Bendícela.)	llevando la bendición
	del gran Pedro de Urdemalas.

(Vase Pedro.)

Viuda	Comisario fidedino
	de las almas que en trabajo
	están penando contino,
	pues dicen que es cuesta abajo
	del purgatorio el camino,
	échate a rodar, y llega
	ligero a la escura vega
	o valle de llanto amargo,
	y aplícalas al descargo
	que mi largueza te entrega.
	En cada escudo que di
	llevas mi alma encerrada,
	y en cada maravedí,

y como cosa encantada
parece que quedo aquí.
 Ya yo soy otra alma en pena,
después que me veo ajena
del talego que entregué;
pero en hombros de mi fe
saldré a la región serena.

(Vase. Sale la Reina, y trae en un pañizuelo unas joyas, y sale con ella Marcelo, caballero anciano.)

Reina   Marcelo, sin que os impida
               la guarda de algún secreto,
               porque no os pondrá en aprieto
               de perder fama ni vida,
                os ruego me respondáis
               a ciertas preguntas luego.

Marcelo   Bien excusado es el ruego,
               señora, donde mandáis.
                Preguntad a vuestro gusto,
               porque mi honra y mi vida
               está a vuestros pies rendida,
               y es de lo que yo más gusto.

Reina   Estas joyas de valor,
               ¿cúyas son o cúyas fueron?

Marcelo   Un tiempo dueño tuvieron
               que siempre fue mi señor.

Reina   Pues, ¿cómo se enajenaron?
               Porque me importa saber
               cómo aquesto vino a ser:

si se dieron, o se hurtaron.

Marcelo   Pues que ya la tierra cubre
el delito y la deshonra,
si es deshonra y si es delito
el que amor honesto forja,
quiero romper un silencio
que no importa que le rompa
ni a los muertos ni a los vivos;
antes, a todos importa.
 La duquesa Félix Alba,
que Dios acoja en su gloria,
una noche, en luz escasa
y en tinieblas abundosa,
estando yo en el terrero,
con esperanza dudosa
de ver a la que me diste,
gran señora, por esposa,
con un turbado ceceo
me llamó, y con voz ansiosa
me dijo: «Así la ventura
a tus deseos responda,
señor, quienquiera que seas;
que, en esta ocasión forzosa,
mostrando pecho cristiano,
a quien te llama socorras.
Pon a recado esa prenda,
más noble que venturosa;
dale el agua del bautismo
y el nombre que tú le escojas».
Y en esto ya descolgaba
de unas trenzas, que de soga
sirvieron, una cestilla
de blanca mimbre olorosa.

No dijo más, y encerróse.
Yo quedé en aquella hora
cargado, suspenso y lleno
de admiración y congoja,
porque oí que una crïatura
dentro de la cesta llora,
así cual recién nacida.
¡Ved qué carga, y a qué hora!
En fin, porque presto veas
el de aquesta extraña historia,
digo que al punto salí,
con diligencia no poca,
de la ciudad al aldea
que está sobre aquella loma,
por ser cerca. Pero el cielo,
que infortunios acomoda,
me deparó en el camino,
al despuntar del aurora,
un rancho de unos gitanos,
de pocas y humildes chozas.
Por dádivas y por ruegos,
una gitana no moza
me tomó la criatura
y al punto desenvolvióla,
y entre las fajas, envueltas
en un lienzo, halló esas joyas,
que yo conocí al momento,
pues son de tu hermano todas.
Dejéselas con la niña,
que era una niñahermosa
la que en la cesta venía,
nacida de pocas horas;
encarguéle su crïanza
y el bautismo, y que, con ropas

humildes, empero limpias,
la criase. ¡Extraña cosa!:
que, cuando deste suceso
mi lengua a tu hermano informa,
dijo: «Marcelo, la niña
es mía, como las joyas.
La duquesa Félix Alba
es su madre, y ella es sola
el blanco de mis deseos
y de mis penas la gloria.
Inmaturo ha sido el parto,
mal prevenida la toma;
pero no hay falta que llegue
de su ingenio a la gran sobra».
Estando en estas razones,
en son tristísimo doblan
las campanas, sin que quede
monesterio ni parroquia.
El son general y triste
daba indicios ser persona
principal la que a la tierra
el común tributo torna.
Hizo manifiesto el caso
un paje que entró a deshora
diciendo: «Muerta es, señor,
Félix Alba, mi señora.
De improviso murió anoche,
y por ella, señor, forman
este son tantas campanas,
y tantas gentes que lloran».
Con estas nuevas tu hermano
quedó con el alma absorta,
sin movimiento los ojos,
inmovible la persona.

Volvió en sí desde allí a un rato,
y, sin decirme otra cosa
sino: «Haz crïar la niña,
y no le quites las joyas;
como gitana se críe,
sin hacerla sabidora,
aunque crezca, de quién es,
porque esto a mi gusto importa».
Dos horas tardó en partirse
a las fronteras, do apoca
con su lanza la morisma,
sus gustos con sus memorias.
Siempre me escribe que vea
a Belica, que llamóla
así la gitana sabia
que con mucho amor crióla.
Yo no alcanzo su desinio,
ni a qué aspira, ni en qué topa
el no querer que se sepa
tan rara y tan triste historia.
Hanle dicho a la muchacha
que un ladrón gitano hurtóla,
y ella se imagina hija
de alguna real persona.
Yo la he visto muchas veces,
y hacer y decir mil cosas,
que parece que ya tiene
en las sienes la corona.
Murió la que la dio leche,
y, con las joyas, dejóla
en poder de otra su hija,
si no tan bella, tan moza.
Ésta, que es la que tenía
esas joyas, no otra cosa

sabe más de lo que supo
su madre, y el hecho ignora
de los padres de Isabel,
tu sobrina, la hermosa,
la señora, la garrida,
la discreta y la briosa.
Respondo esto a la pregunta
si se dieron esas joyas,
o se hurtaron: que me admira
verlas donde están agora.

Reina   La mitad he yo sabido
desta peregrina historia,
y una y otra relación,
sin que discrepen, conforman.
Mas dime: ¿conocerías,
si acaso vieses, la hermosa
gitana que dices?

Marcelo   Sí;
como a mí mismo, señora.

Reina   Pues espérate aquí un poco.

(Vase la Reina.)

Marcelo   ¿Quién trujo aquí aquestas joyas?
¡Cómo a los cielos y al tiempo
por jamás se encubre cosa!
¿Si he hecho mal en descubrirme?
Sí: que lengua presurosa
no da lugar al discurso
y más condena que abona.

(Vuelven la Reina, Belica e Inés:)

Reina   ¿Es aquél el que venía
a ver a tu hermana?

Inés   Sí;
que con mi madre le vi
comunicar más de un día.

Reina   Con eso, y con el semblante,
que al de mi hermano parece,
ya veo que se me ofrece
una sobrina delante.

Marcelo   Así lo puedes creer:
que ésa que traes de la mano
es la prenda que tu hermano
quiere y debe más querer.
Si ilustre por el padre
la ha hecho Dios en el suelo,
no menos la hace el cielo
extremada por la madre,
y ella, por su hermosura,
merece ser estimada.

(Salen el rey y el caballero.)

Rey   Ello es cosa averiguada
que no hay celos sin locura.

Reina   Y sin amor, señor mío,
dijérades muy mejor.

Rey   Celos son rabia, y amor

siempre della está vacío;
y de la causa que es buena
mal efecto no procede.

Reina   En mí al contrario sucede:
siempre celos me dan pena,
y siempre los ha engendrado
el grande amor que yo os tengo.

Rey   Si hay venganza, yo me vengo
con que os hayáis engañado,
pues no podrán redundar
de vuestras preguntas hechas
tan vehementes sospechas
que me puedan condenar,
ni yo, si miráis en ello,
soy de sangre tan liviana
que a tan humilde gitana
incline el altivo cuello.

Reina   Mirad, señor, que es hermosa,
y que la rara belleza
se lleva tras sí la alteza
y fuerza más poderosa.
Por mis ojos, que lleguéis
a mirar sus bellos ojos.

Rey   Si gustáis de darme enojos,
o es buen medio el que ponéis.

Reina   ¿Cómo? ¿Y que así os amohína
el mirar a una doncella
que, después de ser tan bella,
aspira a ser mi sobrina?

Belica	¿Qué ha de ser aquesto, Inés? Que me voy imaginando que se están de mí burlando.
Inés	Calla y sabráslo después.
Reina	Miradla así, descuidado, y decidme a quién parece.
Rey	A los ojos se me ofrece de Rosamiro un traslado.
Reina	No es mucho, porque es su hija y como a tal la estimad.
Caballero	¿Burla vuestra majestad?
Reina	No es bien que eso se colija de verdad tan manifiesta.
Rey	Si no burláis, es razón que me cause admiración tal novedad como es ésta.
Reina	Llegad al rey, Isabel, y decid que os dé la mano como a hija de mi hermano.
Belica	Como sierva llego a él.
Rey	Levantad, bella criatura, que de vuestro parecer muy bien se puede creer

y esperar mayor ventura.
 Pero decidme, señora:
¿cómo sabéis esta historia?

Reina
 Aunque es breve y es notoria,
no es para decilla agora.
 Vámonos a la ciudad,
que en el camino sabréis
lo que luego creeréis
como infalible verdad.

Rey
Vamos.

Marcelo
 No hay dudar, señor,
en historia que es tan clara,
pues su rostro la declara,
y yo, que soy el autor.

(Vanse entrando todos, y a la postre quedan Inés y Belica.)

Inés
 Belica, pues vas sobrina
de la reina, por lo menos,
esos tus ojos serenos
a nuestra humildad inclina.
 Acuérdate de que hurtamos
más de una vegada juntas,
y que sin soberbia y puntas
más de otras cinco bailamos;
 y que, aunque habemos andado
muchas veces a las greñas,
siempre en efeto y por señas
te he temido y respetado.
 Haz algún bien, pues podrás,
a nuestros gitanos pobres;

así en venturosa sobres
a cuantas lo fueron más.
 Responde a lo que se ve
de tu ser tan principal.

Belica   Dame, Inés, un memorial,
que yo le despacharé.

(Vanse. Sale Pedro de Urdemalas, con manteo y bonete, como estudiante.)

Pedro   Dicen que la variación
hace a la naturaleza
colma de gusto y belleza,
y está muy puesto en razón.
 Un manjar a la contina
enfada, y un solo objeto
a los ojos del discreto
da disgusto y amohína.
 Un solo vestido cansa.
En fin, con la variedad
se muda la voluntad
y el espíritu descansa.
 Bien logrado iré del mundo
cuando Dios me lleve dél,
pues podré decir que en él
un Proteo fui segundo.
 ¡Válgame Dios, qué de trajes
he mudado, y qué de oficios,
qué de varios ejercicios,
qué de exquisitos lenguajes!
 Y agora, como estudiante,
de la reina voy huyendo,
cien mil azares temiendo
desta mi suerte inconstante.

Pero yo, ¿por qué me cuento
que llevo en mudable palma?
Si ha de estar siempre nuestra alma
en contino movimiento,
Dios me arroje ya a las partes
donde más fuere servido.

(Sale un Labrador con dos gallinas.)

Labrador   Pues yo no las he vendido;
bien parece que es hoy martes.

Pedro   Mostrad, hermano; llegad,
llegad, mostrad. ¿Qué os turbáis?
Ellas son de calidad,
que en cada una mostráis
vuestra grande caridad.
Andad con Dios y dejaldas,
y desde lejos miraldas,
como a reliquias honraldas,
para el culto dedicaldas
bucólico y adoraldas.

Labrador   Como me las pague, haga
altar o reliquias dellas,
o lo que más satisfaga
a su gusto.

Pedro   Solo es dellas
santa y justísima paga
hacer dellas un empleo
que satisfaga al deseo
del más mirado cristiano.

Labrador   Saldrá su disignio vano,
                      señor zote, a lo que creo.

(Salen dos representantes, que se señalan connúmeros 1 y 2.)

Pedro   Sois hipócrita y malino,
                      pues no tenéis miramiento
                      que os habla un hombre cetrino,
                      hombre que vale por ciento
                      para hacer un desatino;
                      hombre que se determina,
                      con una y otra gallina,
                      sacar de Argel dos cautivos
                      que están sanos y están vivos
                      por la voluntad divina.

Representante 1   Este cuento es de primor,
                      y el sacristán, o lo que es,
                      juega de hermano mayor.

Pedro   ¡Oh fuerzas del interés,
                      llenas de envidia y rigor!
                      ¿Que es posible que te esquives,
                      por tan pocos arrequives,
                      de sacar sendos cristianos
                      de mano de los tiranos?
                      ¡Cómante malos caribes!

Labrador   Diga, señor papasal:
                      ¿son, por ventura, mostrencas
                      mis gallinas, ¡pesiatal¡,
                      para no hacerme de pencas
                      de dar mi pobre caudal?
                      Rescaten a esos cristianos

los ricos, los cortesanos,
los frailes, los limosneros:
que yo no tengo dineros
si no lo ganan mis manos.

Representante 1 (Aparte.)

(Esforcemos este embuste.
Sois un hombre mal mirado,
de mala yacija y fuste,
hombre que es tan desalmado,
que no hay cosa de que guste.)

Pedro

 La maldición de mi zorra,
de mi bonete y mi gorra,
caiga en ti y en tu ralea,
y cautivo yo te vea
en Fez en una mazmorra,
 para ver si te holgarás
de que sea quien entonces,
por dos gallinas no más...
¡Oh corazones de bronces,
archivos de Satanás!
 ¡Oh miseria desta vida,
a términos reducida,
que vienen los cortesanos
a rogar a los villanos,
gente non santa y perdida!

Labrador

¡Pesia a mí! Denme mis aves,
que yo no estoy para dar
limosna.

Representante 1

      ¡Qué poco sabes
de achaque de rescatar

dos hombres gordos y graves!
Yo los tengo señalados,
corpulentos y barbados,
de raro talle y presencia,
que valen en mi conciencia
más de trecientos ducados,
y por estas dos gallinas,
solamente, los rescato.
¡Ved qué entrañas tan molestas
tiene este pobre pazguato,
criado entre las encinas!
¡Ya la ruindad y malicia,
la miseria y la codicia
reina solo entre esta gente!

Labrador   Aun bien que hay aquí teniente,
              corregidor y justicia.

(Vase.)

Pedro   Y yo tengo lengua y pies.
              Esperen, y lo verán.

Representante 1   Sois un traidor magancés,
                  hombre de aquellos que dan
                  mohatras de tres en tres.

Representante 2   Déjele vuesa merced,
                  que, pues ya dejó en la red
                  las cobas, vaya en buen hora.

Representante 1   Pues bien: ¿qué haremos agora?

Pedro   Lo que es vuestro gusto haced.

Despójese de su pluma
el rescate, y véase luego,
en resolución y en suma,
si hay algún rancho o bodego
donde todo se consuma:
que yo, a fe de compañero,
desde agora me prefiero
a dar todo el adherente.

Representante 2   Hay un grande inconveniente:
que hemos de ensayar primero.

Pedro   Pues díganme: ¿son farsantes?

Representante 1   Por nuestros pecados, sí.

Pedro   Haz de mis dichas Adlantes,
cerros de mi Potosí,
de mi pequeñez gigantes;
en vosotros se me ofrece
todo aquello que apetece
mi deseo en sumo grado.

Representante 2   ¿Qué vendaval os ha dado,
que así el seso os desvanece?

Pedro   Sin duda, he de ser farsante,
y haré que estupendamente
la fama mis hechos cante,
y que los lleve y los cuente
en Poniente y en Levante.
Volarán los hechos míos
hasta los reinos vacíos
de Policea, y aún más,

en nombre de Nicolás,
y el sobrenombre de Ríos:
 que éste fue el nombre de aquel
mago que a entender me dio
quién era el mundo crüel,
ciego que sin vista vio
cuantos fraudes hay en él.
 En las chozas y en las salas,
entre las jergas y galas
será mi nombre estendido,
aunque se ponga en olvido
el de Pedro de Urdemalas.

Representante 2   Enigma y algarabía
es cuanto habláis, señor,
para nosotros.

Pedro   Sería
falta de ingenio y valor
contaros la historia mía,
 a lo menos por agora.
Vamos: que, si se mejora
mi suerte con ser farsista,
seréis testigos de vista
del ingenio que en mí mora,
 principalmente en jugar
las tretas de un entremés
hasta do pueden llegar.

(Sale otro farsante.)

Representante 3   ¿No advertirán que ya es
hora y tiempo de ensayar?
 Porque pide el rey comedia,

y el autor ha ya hora y media
que espera. ¡Grande descuido!

Representante1   Pues con ir presto, yo cuido
que ese daño se remedia.
Venga, galán, que yo haré
que hoy quede por recitante.

Pedro   Si lo quedo, mostraré
que soy para autor bastante
con lo menos que yo sé.
Llegado ha ya la ocasión
donde la adivinación
que un hablante Malgesí
echó un tiempo sobre mí,
Ya podré ser patriarca,
pontífice y estudiante,
emperador y monarca:
que el oficio de farsante
todos estados abarca;
y, aunque es vida trabajosa,
es, en efecto, curiosa,
pues cosas curiosas trata,
y nunca quien la maltrata
le dará nombre de ociosa.

(Vanse todos. Sale un autor con unos papeles como comedia, y dos farsantes,
que todos se señalan por número.)

Autor   Son muy anchos de conciencia
vuesas mercedes, y creo,
por las señales que veo,
que me ha de faltar paciencia.
¡Cuerpo de mí! ¿En veinte días

no se pudiera haber puesto
esta comedia? ¿Qué es esto?
Ellas son venturas mías.
 Póneme esto en confusión,
y en un rancor importuno,
que nunca falte ninguno
al pedir de la ración,
 y al ensayo es menester
que con perros y hurones
los busquen, y aun a pregones,
y no querrán parecer.

Pedro   ¿Quién un agudo embustero,
ni un agudo hablador,
sabrá hacerle mejor
que yo, si es que hacerle quiero?

Autor   Si no pica de arrogante
el dómine, mucho sabe.

Pedro   Sé todo aquello que cabe
en un general farsante;
 sé todos los requisitos
que un farsante ha de tener
para serlo, que han de ser
tan raros como infinitos.
 De gran memoria, primero;
segundo, de suelta lengua;
y que no padezca mengua
de galas es lo tercero.
 Buen talle no le perdono,
si es que ha de hacer los galanes;
no afectado en ademanes,
ni ha de recitar con tono.

Con descuido cuidadoso,
grave anciano, joven presto,
enamorado compuesto,
con rabia si está celoso.
 Ha de recitar de modo,
con tanta industria y cordura,
que se vuelva en la figura
que hace de todo en todo.
 A los versos ha de dar
valor con su lengua experta,
y a la fábula que es muerta
ha de hacer resucitar.
 Ha de sacar con espanto
las lágrimas de la risa,
y hacer que vuelvan con [p]risa
otra vez al triste llanto.
 Ha de hacer que aquel semblante
que él mostrare, todo oyente
le muestre, y será excelente
si hace aquesto el recitante.

(Entra el Alguacil de las comedias.)

Alguacil   ¿Ahora están tan despacio?
Esperarles he a que acaben.
Bien parece que no saben
las nuevas que hay en palacio.
 Vengan, que ya me amohína
la posma que en ellos reina,
aguardando el rey o reina
y la nueva su sobrina.

Autor   ¿Qué sobrina?

Alguacil	Una gitana, dicen, que es bella en extremo.
Pedro	Que sea Belica temo. ¿Y eso es verdad?
Alguacil	Y tan llana, que yo no sé cuál se sea mayor verdad por agora. Y la reina, mi señora, hacerle fiestas desea. Venid, que allá lo sabréis todo como pasa al punto.
Pedro	Mucho bien me vendrá junto si por vuestro me queréis.
Autor	Admitido estáis ya al gremio de nuestro alegre ejercicio, pues vuestro raro juïcio, mayor lauro pide en premio. Largo hablaremos después. Vamos, y haremos la prueba de vuestra gracia tan nueva, ensayando un entremés.
Pedro	No me hará ventaja alguno en eso, cual se verá.
Alguacil	Señores, que es tarde ya.
Autor	¿Falta aquí alguno?
Representante	Ninguno.

(Vanse todos. Salen el Rey y Silerio.)

Rey
En cualquier traje se muestra
su belleza al descubierto:
gitana, me tuvo muerto;
dama, a matarme se adiestra.
 El parentesco no afloja
mi deseo; antes, por él
con ahínco más crüel
toda el alma se congoja.

(Suenan guitarras.)   Pero, ¿qué música es ésta?

Silerio
Los comediantes serán,
que adonde se visten van.

Rey
 Ya me entristece la fiesta;
 ya solo con mi deseo
quisiera avenirme a solas,
y dar costado a las olas
del mar de amor do me veo.
 Pero escucha, que mi historia
parece que oigo cantar,
y es señal que ha de durar
luengos siglos su memoria.

(Salen los Músicos cantando este romance.)

Músicos
 Bailan las gitanas;
míralas el rey;
la reina, con celos,
mándalas prender.
Por Pascua de Reyes
hicieron al rey

un baile gitano
Belica e Inés;
turbada Belica,
cayó junto al rey,
y el rey la levanta
de puro cortés;
mas como es Belilla
de tan linda tez,
la reina, celosa,
mándalas prender.

Silerio   Vienen tan embebecidos,
que no nos echan de ver.

Rey   Cantan lo que debe ser
suspensión de los sentidos.

Músico 1   El rey está aquí.
¡Chitón!
Quizá no le agradará
nuestra canción.

Músico 2   Sí hará,
por ser nueva la canción,
y no contiene otra cosa,
fuera de que es dulce y grave,
que decir lo que se sabe:
que es la reina recelosa,
y hechura de la mujer
tener celos del marido.

Rey   ¡Qué bien que lo has entendido!
Dételo el diablo a entender.
Silerio, mi muerte y vida

vienen juntas. ¿Qué haré?

Silerio   Mostrar a un tiempo la fe,
                     aquí cierta, allí fingida.

(Salen la Reina y Belica, ya vestida de dama; Inés, de gitana; Maldonado, el autor, Martín Crespo, el alcalde, y Pedro de Urdemalas.)

Pedro   Famosa Isabel, que ya
                     fuiste Belica primero;
                     Pedro, el famoso embustero,
                     postrado a tus pies está,
                      tan hecho a hacer desvaríos,
                     que, para cobrar renombre,
                     el Pedro de Urde, su nombre,
                     ya es Nicolás de los Ríos.
                      Digo que tienes delante
                     a tu Pedro conocido,
                     de gitano convertido
                     en un famoso farsante,
                      para servirte en más obras
                     que puedes imaginar,
                     si no le quieres faltar
                     con lo mucho en que a otros sobras.
                      Tu presunción y la mía
                     han llegado a conclusión:
                     la mía solo en ficción;
                     la tuya, como debía.
                      Hay suertes de mil maneras,
                     que, entre donaires y burlas,
                     hacen señores de burlas,
                     como señores de veras.
                      Yo, farsante, seré rey
                     cuando le haya en la comedia,

122

y tú, oyente, ya eres media
reina por valor y ley.
 En burlas podré servirte,
tú hacerme merced de veras,
si tras las mañas ligeras
del vulgo no quieres irte;
 en el cual, si alguno hubo
o hay humilde en rica alteza,
siempre queda la bajeza
de aquel principio que tuvo.
 Pero tu ser y virtud
me tienen bien satisfecho,
que no llegará a tu pecho
la sombra de ingratitud.
 Por aquesta buena fe,
de la reina, ¡oh gran sobrina!,
y por ver que a ti se inclina
quien gitano por ti fue,
 que al rey pidas te suplico,
andando el tiempo, una cosa
más buena que provechosa,
porque a mi gusto la aplico.

Rey   Desde luego la concedo;
pide lo que es de tu gusto.

Pedro   Por ser lo que quiero justo,
lo declararé sin miedo.
 Y es que, pues claro se entiende
que el recitar es oficio
que a enseñar, en su ejercicio,
y a deleitar solo atiende,
 y para esto es menester
grandísima habilidad,

trabajo y curiosidad,
saber gastar y tener,
 que ninguno no le haga
que las partes no tuviere
que este ejercicio requiere,
con que enseñe y satisfaga.
 Preceda examen primero,
o muestra de compañía,
y no por su fantasía
se haga autor un pandero.
 Con esto pondrán la mira
a esmerarse en su ejercicio:
que tanto es bueno el oficio,
cuanto es el fin a que aspira.

Belica   Yo haré que el rey, mi señor,
vuestra petición conceda.

Rey   Y aun otras, si hay en qué pueda
valerle vuestro favor.

Reina   Con mejores ojos miro
agora que la miréis;
y en cuanto por ella hacéis,
más me alegro que me admiro.
 Ya mi voluntad se inclina
a acreditar a los dos;
que entre mis celos y vos
se ha puesto el ser mi sobrina.
 Vamos a oír la comedia
con gusto, pues que los cielos
no ordenaron que mis celos
la volviesen en tragedia.
 Y avisaráse a mi hermano

                         luego deste hallazgo bueno.

(Vase.)

Rey   Ya yo le tengo en el seno
                         y le toco con la mano.
                          ¡Oh imaginación, que alcanzas
                         las cosas menos posibles,
                         si alcanzan las imposibles
                         de reyes las esperanzas!

Silerio   No te aflijas, que no es tanto
                         el parentesco que impida
                         hallar a tu mal salida.

Rey   Sí; mas moriré entretanto.

(Vanse el Rey y Silerio.)

Maldonado   Señora Belica, espere;
                         mire que soy Maldonado,
                         su conde.

Belica   Tengo otro estado
                         que estar aquí no requiere.
                          Maldonado, perdonadme,
                         que yo os hablaré otro día.
Inés   ¡Hermana Belica mía!

Belica   La reina espera; dejadme.

(Vase Belica.)

Inés   ¡Entróse! ¡Quién me dijera

aquesto casi antiyer!
No lo pudiera creer,
si con los ojos lo viera.
¡Válame Dios, y qué ingrata
mochacha, y qué sacudida!

Pedro   La mudanza de la vida
mil firmezas desbarata,
mil agravios comprehende,
mil vivezas atesora,
y olvida solo en un hora
lo que en mil siglos aprende.

Crespo   Pedro, ¿cómo estás aquí
tan galán? ¿Qué te has hecho?

Pedro   Pudiérame haber deshecho,
si no mirara por mí.
Mudado he de oficio y nombre,
y no es así comoquiera:
hecho estoy una quimera.

Crespo   Siempre tú fuiste gran hombre.
Yo por el premio venía
de la danza que enseñaste,
que en ella claro mostraste
tu ingenio y tu bizarría;
y si en el mundo no hubiera
pajes, yo sé que durara
su fama hasta que llegara
la edad que ha de ser postrera.
Clemente y Clemencia están
muy buenos, sin ningún mal,
y Benita con Pascual

garrida vida se dan.

(Sale uno.)

Uno   Sus majestades aguardan;
bien pueden ya comenzar.

Pedro   Después podremos hablar.

Uno   Miren que dicen que tardan.

Pedro   Ya ven vuesas mercedes que los reyes
aguardan allá dentro, y no es posible
entrar todos a ver la gran comedia
que mi autor representa, que alabardas
y lancineques y frinfrón impiden
la entrada a toda gente mosquetera.
Mañana, en el teatro, se hará una,
donde por poco precio verán todos
desde principio al fin toda la traza,
y verán que no acaba en casamiento,
cosa común y vista cien mil veces,
ni que parió la dama esta jornada,
y en otra tiene el niño ya sus barbas,
y es valiente y feroz, y mata y hiende,
y venga de sus padres cierta injuria,
y al fin viene a ser rey de un cierto reino
que no hay cosmografía que le muestre.
Destas impertinencias y otras tales
ofreció la comedia libre y suelta,
pues llena de artificio, industria y galas,
se cela del gran Pedro de Urdemalas.

Fin de la comedia

Libros a la carta

A la carta es un servicio especializado para
empresas,
librerías,
bibliotecas,
editoriales
y centros de enseñanza;
y permite confeccionar libros que, por su formato y concepción, sirven a los propósitos más específicos de estas instituciones.

Las empresas nos encargan ediciones personalizadas para marketing editorial o para regalos institucionales. Y los interesados solicitan, a título personal, ediciones antiguas, o no disponibles en el mercado; y las acompañan con notas y comentarios críticos.

Las ediciones tienen como apoyo un libro de estilo con todo tipo de referencias sobre los criterios de tratamiento tipográfico aplicados a nuestros libros que puede ser consultado en Linkgua-ediciones.com.

Linkgua edita por encargo diferentes versiones de una misma obra con distintos tratamientos ortotipográficos (actualizaciones de carácter divulgativo de un clásico, o versiones estrictamente fieles a la edición original de referencia). Este servicio de ediciones a la carta le permitirá, si usted se dedica a la enseñanza, tener una forma de hacer pública su interpretación de un texto y, sobre una versión digitalizada «base», usted podrá introducir interpretaciones del texto fuente. Es un tópico que los profesores denuncien en clase los desmanes de una edición, o vayan comentando errores de interpretación de un texto y esta es una solución útil a esa necesidad del mundo académico.

Asimismo publicamos de manera sistemática, en un mismo catálogo, tesis doctorales y actas de congresos académicos, que son distribuidas a través de nuestra Web.

El servicio de «libros a la carta» funciona de dos formas.

1. Tenemos un fondo de libros digitalizados que usted puede personalizar en tiradas de al menos cinco ejemplares. Estas personalizaciones pueden ser de todo tipo: añadir notas de clase para uso de un grupo de estudiantes, introducir logos corporativos para uso con fines de marketing empresarial, etc. etc.

2. Buscamos libros descatalogados de otras editoriales y los reeditamos en tiradas cortas a petición de un cliente.

www.ingramcontent.com/pod-product-compliance
Lightning Source LLC
Chambersburg PA
CBHW050901180626
46814CB00007B/2840